CORISANDE
De Mauléon,

OU
LE BÉARN AU XVᵐᵉ SIÈCLE,

PAR

L'AUTEUR DE NATALIE.

« Le cœur des femmes est une lyre qui a trois cordes :
l'une pour l'amour, l'autre pour Dieu, la troisième
pour la gloire. »

DON ALONZO.

TOME I.

PARIS,

GUSTAVE BARBA, LIBRAIRE,

RUE MAZARINE, 34.

1835.

PARIS. -- IMPRIMERIE DE BOURGOGNE et MARTINET, rue du Colombier, 30.

CORISANDE
DE MAULÉON.

I

PARIS, IMPRIMERIE DE BOURGOGNE et MARTINET,
rue du Colombier, 30.

CORISANDE

DE MAULÉON

OU

LE BÉARN AU XVme SIÈCLE,

PAR

L'AUTEUR DE NATALIE.

« Le cœur des femmes est une lyre qui a trois cordes :
l'une pour l'amour, l'autre pour Dieu, la troisième
pour la gloire. »

DON ALONZO.

TOME I.

PARIS,

GUSTAVE BARBA, LIBRAIRE,

RUE MAZARINE, 34.

1835.

INTRODUCTION.

Qui n'a pas une pensée bienveillante pour le Béarn! Ceux-là même qui n'ont pas connu les bords du Gave, ont un mot honorable pour la patrie de Henri IV. C'est que le nom de Henri IV est partout : dans l'histoire et les poèmes dont il est le héros; dans les romans pour qui sont faites ses aventures amoureuses et chevaleresques;

ses bons mots, ses traits touchans sont dans les récits du peuple. Ce roi, de grande et douce mémoire, a immortalisé le sol qui l'a vu naître. On a cru reconnaître, dans le caractère béarnais, la franchise, l'esprit, la courtoisie, la générosité et l'humeur joyeuse de Henri.

Le Béarnais sent bien que c'est une de ses illustrations; il se redresse en disant : Je suis du pays de Henri IV. Ce nom lui sert de passeport; il lui vaut un sourire, une inclinaison de tête. On dirait du Béarnais comme d'une monnaie sur laquelle est gravée la belle image de Henri de Bourbon, devant qui chacun se découvre.

Pourtant le Béarn intéresse par lui-même. Ce pays, aimé du ciel, est placé entre l'Océan et les Pyrénées comme pour jouir de toutes les pompes; l'âme du Béarnais est conviée à toutes les sensations : terribles sur les grèves

du golfe, sublimes à la cime des monts,
douces dans les vallées romantiques et sur
les collines si délicieusement dessinées. Le
soleil lui donne les fruits et la verve du
Midi; mais le voisinage des neiges et des
brumes tempère sa chaleur : aussi le Béarnais n'est pas indolent comme l'Espagnol; il
est gai, il porte la vie légèrement; il est
animé comme l'air qu'il respire, comme les
feuilles sur ses arbres qui sont toujours agi-
tées; comme ses ruisseaux qui courent en
se heurtant à leurs mille cailloux.

Mais qui n'a vu le Béarn! Quand vient
le mois de juillet, toute la France envahit
les Pyrénées : ce sont des malades qui se
confient aux sources bienfaisantes; des hommes d'État qui échappent aux affaires; des
écrivains qui viennent raviver leurs idées et
retremper leur esprit détendu par l'atmo-
sphère humide et égoïste de Paris; ce sont

des jeunes hommes cherchant des émotions,
étonnés qu'elles manquent déjà à leur âge;
d'autres qui voyagent pour changer de
lieu, dont la vie insouciante se promène au
gré de la mode. Quand les salons sont déserts, quand le monde est dispersé, on va
le ressaisir aux eaux de Bonnes ou de Saint-
Sauveur; les femmes y retrouvent des bals,
où l'Europe arrive de toutes parts comme
dans un congrès.

Si l'on danse le soir, le matin ce sont
des courses à cheval, des solitudes parfumées, de rustiques festins sur la montagne,
et ce contraste est un plaisir de plus. Il y a
du plaisir aussi à emporter son crayon sous
la vapeur de la cascade pour en prendre le
croquis, et à tracer des mots rêveurs que
ces lieux inspirent sans doute; ailleurs on ne
les trouverait pas.

Que si vous avez des ennuis, de ceux que

l'on prend dans le monde, vous les oubliez
là. La vie des eaux est comme une trève
avec la vie ordinaire; une existence de six
semaines de durée, un petit tourbillon de
connaissances nouvelles, de romans éphé-
mères, d'amitiés soudaines dont la sympathie est le seul garant : tourbillons de sites,
d'extases, de dangers vaincus!

Que si vous avez de ces chagrins que l'on
porte toujours avec soi, qui s'attachent au
cœur comme l'écorce à l'arbre, il y a des
solitudes où les larmes tombent doucement;
il y a une voix grave et religieuse sur les
hauts lieux. Suivez l'aimant qui vous attire
de pointe en pointe, encore plus haut, toujours plus haut! Vous êtes fier de chaque pas
comme d'une conquête; soulagé à chaque
toise d'élévation comme d'un affranchisse-
ment, vous prenez en pitié tous ceux qui se
meuvent en bas, leur laissant les trivialités

et les douleurs; votre âme respire à l'aise,
elle sent qu'elle est faite pour être en haut,
et qu'elle se rapproche de sa patrie!

Le voyageur qui traverse rapidement le
Béarn aperçoit un peuple qui diffère de
costume, de langage et de physionomie
avec le reste de la France; mais il ne sait
rien de plus. Le Béarnais n'est ni Français,
ni Espagnol; il ne ressemble pas au Gascon,
ni à l'habitant du Bigorre, ses voisins; il ne
voudrait être confondu ni avec les uns ni
avec les autres; il dédaigne franchement
tout ce qui est au-delà des limites de son
pays : peut-être est-ce une réminiscence de
jours plus glorieux, lorsque le Béarn formait
un État indépendant, lorsque ces hommes
allaient à la guerre contre les Maures d'Espagne et les Anglais de Guyenne, lorsqu'ils
étaient appelés à délibérer sur les affaires
publiques.

En France, depuis 40 ans, on fabrique des Chartes; c'est de la liberté, du despotisme, de la licence que l'on jette et que l'on met dans la balance, ce qui la fait trop légère ou trop pleine. Il y a plus de huit siècles que le Béarnais, avec son esprit et son bon sens, se donna sans fracas une constitution d'allure franche et noble, aussi bonne peut-être que celles qu'on essaie aujourd'hui.

C'était un souverain qui avait l'air assez maître pour avoir bonne mine et porter la tête fièrement, et qui pourtant répondait de ses méfaits devant l'assemblée générale appelée *Cour Majour.*

C'étaient des barons usant de leurs priviléges, mais qui étaient cités devant la Cour Majour par le moindre vassal, et tenus à lui donner satisfaction, même les armes à la main, s'il l'exigeait.

C'étaient des vallées, des villes et des

bourgades envoyant leurs pâtres et leurs
bourgeois pour délibérer sur la paix et sur
la guerre, sur les impôts à accorder et à re-
fuser; toutes choses qui les touchaient
d'assez près pour qu'on leur demandât leur
avis.

Si la souveraine de Béarn (dans ce pays
courtois il n'y avait pas de loi salique) était
à marier, les députés votaient pour le choix
de l'époux qui devenait leur prince; ils agis-
saient comme dans une affaire de famille,
pesant le mérite des prétendans, et les avantages qu'en retirerait la province; c'est ainsi
que furent appelées la maison d'Albret,
puis celle de Bourbon.

Pendant les assemblées de la Cour Majour, les députés des vallées mangeaient à
la table du souverain; ils apportaient au
banquet royal leur majesté d'hommes libres et la poésie de leurs montagnes.

Aussi, nul ne porta la tête plus haut, et n'eut le regard plus assuré que le pasteur des vallées d'Aspe, d'Ossau et de Barrétous; à sa pose, vous devinez l'estime qu'il fait de lui; le bâton dont il se sert n'est pas seulement une houlette : ses pères en usaient comme les chevaliers de leurs épées, pour vider une querelle et connaître le jugement de Dieu.

Il fallait bien que cela fût sage, et que chacun fût content; car princes et sujets s'aimaient fort, sans courtisanerie ni parades. Et cela dura jusqu'à ce que Henri IV vînt joindre à la couronne de France le beau fleuron du Béarn; et le Béarn s'en serait bien passé, car depuis lors, traîné à la remorque, il a dû subir le bon plaisir, le caprice et les vicissitudes de sa compagne.

La volonté de Henri était que le Béarn restât indépendant de la France. Il le laissa

se gouverner à sa vieille mode, et veillait
de loin à sa prospérité; il appela son second
fils du nom béarnais de Gaston. Le vainqueur de la Ligue tournait ses pensées vers le
pays natal avec amour, avec regret peut-
être. Qui sait!... il est des heures où la gloire
a ses désenchantemens! Le cours du Gave
est plus franc que celui de la Seine; Corisande d'Andoins avait été aimée comme
Gabrielle, et le roi de France se sentait
entre le couteau de Jacques Clément et le
poignard de Ravaillac.

L'idiome du Béarn est doux dans la bouche mignarde de ses femmes; il est singulièrement propre à la plaisanterie, et pittoresque comme les imaginations qu'il traduit.
Le Béarnais honore sa langue. On la parlait
seule à la cour de Pau; il n'y a guère plus
de cent ans qu'elle était employée dans les
actes publics. Les classes élevées de la so-

ciété ont regret à ne plus s'en servir, et encore aujourd'hui, quand on veut peindre
rapidement une idée originale, on emprunte
une expression béarnaise; les chansonniers
du pays lui demandent son aide pour des
tours pleins de grâce et de malice.

Les *fors* ou vieilles chartes écrits dans ce
langage renferment les sermens des princes
de Béarn, et des lois paternelles. Henri IV
dota la France de plusieurs de ces lois. Jusqu'alors on n'avait eu nul souci de conserver
au pauvre débiteur arrêté pour dettes son
lit pour y mourir, ni au laboureur ses ins-
trumens de travail pour gagner son pain;
ce fut la loi du vainqueur, la loi du Béarnais.

Il est difficile de dessiner d'un seul trait
le Béarnais moderne; il peut être vu sous
trois faces : le pasteur de la montagne d'a-
bord, planant une moitié de l'année sur les
nuages, recueillant de grandes pensées dans

ces régions où il vit en la présence de la Di-
vinité qui l'étonne de ses œuvres; sa physionomie méditative et noble garde l'empreinte de ses impressions. Il mène la vie
nomade des patriarches : comme eux
croyant; comme eux, il donne l'hospitalité
au voyageur curieux, lui sert de guide avec
probité et intelligence, s'intéresse à lui à
proportion de la sympathie qu'il lui découvre pour ses montagnes.

Ainsi que les fils de Jacob, il lutte corps
à corps avec les bêtes fauves, et guerroie
contre les pasteurs des pays voisins, pour
une source ou des pâturages; d'autrefois,
appuyé sur son bâton, c'est la force dans le
repos, la rêverie d'une âme occupée : il
plonge de l'œil dans l'abîme, ou écoute
tonner l'avalanche.

Quand vient l'automne, il descend toujours plus bas, cédant le terrain aux neiges,

et quand elles envahissent la vallée, renfermé avec sa famille, ce sont les danses, les jeux, l'amour, le mariage, la vie ordinaire avec toutes ses phases, saisie par des âmes fortes!

Les montagnards qui avoisinent les eaux bonnes, et les eaux chaudes, sont corrompus par le contact des étrangers et l'appât du gain. Il n'est pas nécessaire de dire que les pâtres de Saint-Sauveur, Barèges, Cauterets sont de la Bigorre; il ne faut pas les confondre avec les Béarnais dont ils n'ont ni l'esprit ni l'urbanité.

Vient ensuite le paysan des deux Gaves, de Pau, et d'Oleron, riche, résidant dans de beaux villages où l'ardoise et le marbre sont prodigués; aux jours des noces et des solennités, vêtu de velours et de soie; gracieux et beau, insolent de bien-être, il se croit l'égal de tout le monde, ne cédant le pas que par courtoisie, faisant de sa vie une longue fête.

Puis, c'est l'habitant du Vicbill, *vieux district* à la lisière de l'Armagnac et du Bigorre, sur un terrain âpre et fantasquement découpé. Il est pauvre, mais orgueilleux comme ses concitoyens ; c'est lui qui chante plus fort que les autres ce couplet de leur chanson favorite, que l'on peut traduire ainsi :

« Encore que je sois pauvre dans ma petite sphère, j'aime mieux mon berret râpé, que le plus beau chapeau galonné. »

Dans le Vicbill, il y a peu de villages, mais le pays est couvert d'habitations coquettement placées au milieu d'un bouquet d'arbres, au bout d'une prairie, près d'un courant d'eau, avec un jardin et des roses. Au matin, de longues fumées s'échappent de ces toits ; il s'élève de cette multitude de chau-

mières des bruits champêtres et doux ; ce
sont des rires de jeunes filles, des éclats d'enfans, lechant des coqs, des beuglemens de
troupeaux, l'aboiement des chiens; cette
terre chargée d'êtres vivants jette au loin
une longue harmonie.

En Béarn, le droit d'aînesse est toujours
en vigueur; quand l'aîné a reçu tout ce
que la loi permet de lui donner, et qu'il est
encore aidé par des fraudes paternelles, le
cadet va se faire un gîte. Le Vicbillois veut
avant tout avoir une *case*, c'est ainsi qu'il
nomme sa maison ; s'il n'a plus un denier après
avoir acquis un peu plus de six pieds de terre,
il fait un appel à ses voisins; on prend les
cailloux graniteux qui roulent sur le sol, on
pétrit de l'argile, on la façonne avec goût,
on construit une demeure où l'on peut naître et mourir comme ailleurs ; on la couvre
avec du chaume comme le nid des oiseaux ;

puis on célèbre l'inauguration par un festin.
Et le lendemain le jeune homme, assis sur
le seuil de sa porte, domine sur des vallons
charmants, et se croit roi.

Pour compléter sa fortune, il faut qu'il
ait un cheval de petite race, infatigable,
avec lequel il descend au galop les hauteurs
à pic; entend-il un violon ou le tambourin,
il se mêle à la danse, remonte sur son cheval,
jette aux vents, et de collines en collines,
ses chants nationaux ; court la nuit comme
le jour pour ses affaires et ses plaisirs. En
rentrant chez lui, il ne trouve bien souvent
que du pain de maïs; il le mange en se rail-
lant de sa pauvreté, en se riant de la vie si
courte, de la mort qu'il ne craint pas; en se
moquant des riches, et parfois de son curé.

Aura-t-il de quoi vivre le lendemain? il
ne s'en met pas en peine; il travaillera, ou
il ira en chercher au château toujours bâti

à côté de son clocher. Cependant ce n'est pas une aumône que demande le plus pauvre vicbillois, il est ingénieux à trouver un don qui récompense le secours qu'on lui prête. S'il n'a rien chez lui, ce seront des fleurs, ou les noisettes des bois, ou les champignons sous la fougère; ce seront ses bras, sa journée de travail gratuit : il vous la donne avec un sourire de satisfaction; c'est payer sa dette, mais le bienfait se grave dans son cœur.

Le vicbillois aimait ses seigneurs parce que, ainsi qu'en Ecosse, il y avait bonhomie dans les relations du château et de la chaumière, réciprocité de bonnes manières et de dévouement; les seigneurs devaient être généreux, affables, visibles à toute heure; ils devaient être hommes de loi et médecins, confidens et trésoriers de leurs vassaux : le temps n'a pas apporté de changement dans

ces liens. Les paysans des paroisses du Vic-
bille sont exactement avec les propriétaires
de châteaux comme avant la révolution; ils
offrent une dîme volontaire des prémices
du verger et de la basse-cour, et emploient
comme auparavant cette formule féodale :
Je suis à vous de nuit et de jour, à pied
et à cheval, et je passerai dans le feu s'il
est besoin !

Le Béarnais est conteur. Lorsqu'il a un
cercle d'amis autour de sa bûche de châtai-
gnier, éclairé par sa chandelle de résine, éplu-
chant des marrons, et s'exaltant par le vin
fougueux du crû, il redit les aventures
d'eou nousté Henric (de notre Henri), lorsqu'il chassait dans la forêt de Coaraze, ou
bien les cruautés de la reine Jeanne d'Albret, dont il conserve une mauvaise mémoire
pour ses persécutions contre les catholiques,
et à laquelle il attribue également les méfaits

des protestans et ceux dés chefs de la
Ligue ; puis, ce sont les histoires des
Maures qui ont traversé les temps, et dont
il lie le souvenir à toutes les redoutes éparses
dans le pays ; c'est encore la généalogie des
cagots contre qui on ne conserve plus de préjugés, mais dont on rappelle l'avilissement.
La causerie est interrompue pour raconter
la chasse aérienne du roi Arthus; puis, ce
sont les récits des sorciers et des revenans,
les tours du diable qui reviennent plus
souvent que les miracles des saints; les
plaisanteries spirituelles, mordantes, inta-
rissables, enfin les nouvelles exagérées, assor-
ties au goût de ce peuple pour le merveilleux.

Les mœurs béarnaises sont plus que légères; beaucoup de jeunes filles se marient
sans couronne et n'en paraissent pas trop
honteuses. L'usage gracieux de mettre à son
front une branche de pervenche au jour des

noces devient tous les jours plus rare; on
n'ose faire mentir la fleur virginale qui exige
un cœur aussi pur que sa corole, couleur
du ciel.

Insoucians pour la religion, les gens de
Béarn ont été catholiques, puis protestans,
et sont redevenus catholiques en peu d'années et sans beaucoup de façon; aujourd'hui
ils plaisantent sur les dogmes, et doutent
comme les philosophes du dix-huitième
siècle. Pourtant, est-ce besoin de croyance,
respect des traditions? ce peuple malin devient grave pour les cérémonies du bap-
tême, du mariage et des funérailles; il accourt en foule aux solennités de la semaine
sainte, au jour des Morts, à la fête patro-
nale; la nuit de Noël il va chanter les can-
tiques de la crèche à la messe de minuit;
quand sonne l'angélus, il découvre sa tête,
et suspend la conversation la plus enjouée;

il aime les processions, et va encore en pèlerinage : les anciens faisaient ainsi, disent-ils; et cette voix des siècles est comme un autre commandement du Sinaï.

Il n'a été parlé ici que du peuple; les classes supérieures par la richesse ou la naissance, comme ailleurs, vont à Paris pour y chercher du savoir et des travers; c'est un flux et reflux. Dans ce frottement, on acquiert du poli, et l'empreinte primitive s'efface. Au milieu de cette terne uniformité qui s'étend sur la France, espérons toutefois que le Béarnais gardera long-temps sa physionomie : au moral, de l'audace, de la gaieté, une bienfaisante prodigalité; au physique, un front élevé, le nez aquilin, les yeux brillans plutôt que brûlans : c'est une flamme légère, toujours active, se prenant à tout, changeant d'objets; là, il ne faut point chercher de torches dévorantes, ni de volcan avec ses laves.

Le Béarnais ne s'occupe de politique que pour s'amuser, comme on lit de l'histoire; pas assez rapproché pour se passionner aux scènes de Paris, il siffle plutôt qu'il ne bat des mains. Pendant la grande révolution, celle où tout était épique, le crime comme le talent, gloire éternelle au Béarn! Plus heureux que la Bigorre, pas un de ses députés ne se souilla du régicide; et tandis que, dans les provinces voisines, les échafauds ruisselaient, et que la hache en se levant et s'abaissant était toujours altérée, ceux de Béarn furent rassasiés avec deux ou trois victimes. On ne fit point la guerre aux châteaux. Comme il a été dit, il y avait sympathie entre la noblesse et le peuple; ce peuple qui avait toujours conservé sa dignité, n'avait pas besoin de réaction.

En la révolution de 1830, gloire encore

au Béarn! il n'y eut pas de dénonciations, pas de convoitise de l'emploi d'un concitoyen. Le Béarn pourrait prendre l'emblème de la Suisse, deux mains entrelacées.

Tout paysan béarnais sait lire, écrire et compter. La montagne fournit les maîtres d'école, comme les prêtres qui remplissent les séminaires; l'instruction fait des progrès dans les sommités de la société; de jeunes hommes s'occupent de littérature avec succès. Jusqu'à présent on avait compté sur l'esprit naturel sans se donner beaucoup de peine pour l'orner; autrefois on aimait mieux les armes que les lettres. Le don que le Béarn a fait à la Suède prouverait que l'on part encore des rives du Gave l'épée à la main, pour gagner un trône.

Il paraît tout naturel qu'il y ait de belles voix en Béarn; c'est un pays fait pour le chant. Paris a souvent applaudi aux suaves accens des chanteurs béarnais.

Il ne faut pas que le Béarn soit jugé par un industriel; il n'y verrait ni machines à vapeur, ni canaux, ni école normale d'agriculture; le ciel a beaucoup fait pour cette terre, elle se repose sur les bienfaits du ciel.

J'aime le Béarn! j'ai voulu connaître l'histoire de ce peuple, qui semble porter la vie comme le voyageur porte son léger sac au bout de son bâton. On s'étonne de voir ce petit État rester indépendant dans le voisinage des ducs de Guyenne, du Prince Noir, et des rois de France.

Le prince de Galles, vainqueur des Français, exigeait, les armes à la main, l'hommage du Béarn. Gaston Phébus lui répondit : « Que le pays de Béarn est si franche terre » qu'elle ne doit hommage à nul, fors à Dieu,» et le prince de Galles n'insista point davantage.

Le roi Louis XI allait en pèlerinage à Notre-Dame de Sarrance; parvenu à la frontière de Béarn, il dit à son écuyer : « Baissez » l'épée de France; nous sortons ici du » royaume. »

A l'intérieur, l'histoire de Béarn peut être dite en deux mots; paix et liesse; les aventures étaient au dehors ; allait qui voulait avec le prince, et les lances ne lui manquaient pas. On en voit aux croisades; Gaston IX s'attachant à la mauvaise fortune de Philippe de Valois, comme d'autres aux succès, lui prodigua pendant dix ans son bras, des hommes et de l'argent.

L'Espagne était un champ toujours ouvert au chevaleresque élan du Béarnais. On avait conservé à Saragosse, les éperons et le cor de Gaston IV, mort en combattant les Maures. Leurs prouesses contre les Arabes valurent aux vicomtes de Béarn, la ricombrie d'Aragon, et le fief héréditaire de Notre-Dame del Pilar; ainsi que le droit de sépulture pour tout Béarnais mort à cinq lieues autour de Saragosse.

On escarmouchait sans cesse contre le comté d'Armagnac, (c'étaient querelles de voisins!) et contre les Anglais qui furent antipathiques aux Béarnais, tant qu'ils restèrent maîtres de la Gascogne. Pour la première fois en 1814, l'ennemi foula le sol béarnais; jusque là on ne savait ce que c'était.

Plusieurs princesses de France vinrent régner sur le Béarn. Marguerite de Valois, sœur de François Ier, semblait par le tour de son esprit, tout-à-fait assortie au pays; aussi l'aima-t-elle, et elle y fut adorée. Les filles des vicomtes de Béarn furent appelées aux plus beaux trônes d'Europe, apportant sans doute le renom de leur pays, et je ne sais quel charme qui tenait lieu de grande dot. Gaston VII se trouva oncle des reines de France, d'Angleterre, de Sicile, et de la femme du roi des Romains.

En feuilletant les pures et nobles pages de cette histoire, j'ai remarqué l'époque où les vicomtes de Béarn, qui portaient ce titre depuis les enfans de Clovis, y joignirent celui de roi de Navarre. Le premier qui ceignit cette couronne fut un modèle de beauté, de grâces et de grandes vertus. Personne ne sait ni la vie ni la mort de François, surnommé Phébus. Le héros fut intéressant, mais le théâtre étroit, et l'action courte; tout fut oublié, effacé par le bruit que faisaient la France et l'Espagne, ces deux puissantes voisines de la Navarre.

Il m'a pris envie d'esquisser quelques traits du temps de François Phébus; une

fille des Pyrénées s'est trouvée dans le cadre.
Que le soleil de Béarn et ses montagnes me
soient propices!

I.

LA NAVARRE.

Bien que voisins, la Navarre et le Béarn
ne semblaient point devoir subir les mêmes
destinées; tout les séparait, et la nature avec
ses monts gigantesques, ses abîmes et ses
neiges, et les mœurs, toutes graves en Navarre, rieuses en Béarn, et la politique, dont
les intérêts étaient opposés des deux côtés
des Pyrénées.

Un seul lien les unissait, la guerre aux
Maures; et encore y avait-il différence
dans les motifs qui les précipitaient contre
les Sarrasins. Chez les Navarrais, c'était haine
profonde à l'islamisme, nécessité de repous-
ser l'ennemi qui était à leur porte, toujours
menaçant leur liberté et leur existence;
pour les Béarnais, c'était occasion de gloire,
soif d'aventures brillantes, besoin de chercher fortune.

Voici comment il advint que le Béarn
se trouva mêlé aux guerres civiles de la
Navarre, et comment les armes des deux
États figurèrent dans le même écusson.

Le roi don Juan d'Aragon épousa en premières noces l'héritière de la Navarre; il en
eut trois enfans : dona Blanche, qui fut mariée à Henri IV, roi de Castille; l'Église
ayant prononcé son divorce, elle se retira
depuis en Béarn, où elle mourut; dona

Éléonore, qui devint vicomtesse de Foix et de Béarn par son mariage avec Gaston XI; puis enfin don Carlos, prince de Viane.

Le roi Juan qui avait d'abord donné la régence du royaume de Navarre à don Carlos, la lui retira par suite des insinuations de sa seconde femme. Don Carlos, exaspéré, excité encore par de mauvais conseillers, prit les armes contre son père; il mourut tout-à-coup, et ses partisans crièrent qu'il avait été empoisonné par sa marâtre, afin d'avoir le prétexte de continuer la guerre à leur profit.

La couronne de Navarre semblait fatale à ceux qui la poursuivaient. Après don Carlos, mourut le vieux roi Juan, qui nomma pour son héritière en Navarre sa seconde fille Éléonore de Foix, vicomtesse de Béarn. Cette princesse était ambitieuse ainsi que son mari. Gaston XI, encore tout plein de ses succès devant Bayonne, où il entra en conquérant, *monté sur un cheval dont le chanfrein d'acier, garni d'or et de pierreries, était estimé quinze mille écus d'or;* Gaston, qui avait soumis la Gascogne et Bordeaux au roi de France, ayant Dunois sous ses ordres; qui fit résoudre dans le conseil du roi la construction du château Trompette et du fort du Hâ; Gaston, victorieux et d'une magnificence royale, voulut être roi.

Mais il n'eut pas le temps d'essayer la couronne, il mourut à Roncevaux; et Éléonore ne fut reine que dix-neuf jours. Encore les insurgés ne lui permirent-ils point d'entrer à Pampelune dont ils étaient restés maîtres.

Gaston et Éléonore avaient déjà perdu leur fils unique, tué en un tournoi à Blaye, ville funeste. Ils ne laissèrent après eux que leurs petits-enfans en bas âge, François-Phébus et Catherine.

François-Phébus, héritier, en 1472, de la paisible vicomté de Béarn et du turbulent royaume de Navarre, avait reçu du ciel les dons les plus heureux; il avait les grâces qui plaisent, et les qualités qui commandent aux hommes. Sa mère, Magdeleine de France, ne voulant point l'exposer aux violences des guerres civiles, le mit à l'abri au château de Mazères dans le comté de Foix, où il fut élevé.

Cette mère tendre et vigilante ornait son âme de nobles vertus, secondée par le savant cardinal de Foix, son beau-frère; et cependant elle négociait avec les rebelles, cherchant à pacifier la Navarre sans effusion de sang. Elle s'appuya de la puissance de Louis XI, roi de France, de qui elle était sœur. Les fors de Béarn conservent les let-

tres que ce monarque écrivit aux états de la
province, pour leur recommander *son bien-
aimé neveu, François-Phébus.*

II.

LES DEUX SOEURS.

Parmi les seigneurs factieux de la Navarre, il en était un, le comte Bertrand de Mauléon, qui se distinguait par ses richesses, sa haute naissance et un caractère élevé; il était vicomte de Soule au pays Basque, et maître d'un grand nombre de villages et de seigneuries en Navarre.

Les vicomtes de Soule furent autrefois

de petits souverains, qui devinrent tribu-
taires du Béarn. Le comte Bertrand de Mauléon rêva son indépendance; il espéra la
recouvrer à l'aide des guerres civiles, et de
la faiblesse d'une minorité. Mais la mort, qui
ne tient nul compte des grandes non plus que
des petites ambitions, vint arrêter court sa vie
agitée. Il mourut dans son château et en sa
ville de Mauléon, capitale de la Soule, entre
le Béarn et la Basse-Navarre, regrettant de
ne laisser que deux filles et point de fils qui
pût le continuer dans ses desseins.

Blanche et Corisande de Mauléon avaient
déjà perdu leur mère lorsque le comte Bertrand mourut. Grâce à la tendresse éclairée
de leur tante, madame Isabelle de Mauléon,
elles ne connurent ni l'isolement de cœur
de l'orphelin, ni la basse flatterie qui cor-
rompt les enfans des grands.

Cette vertueuse et bonne Isabelle, qui

n'avait pas voulu se marier afin de se con-
sacrer aux filles de son frère, veillait atten-
tivement à leur éducation; elle voulut la
leur donner aussi complète qu'il était possible à cette époque.

Elle fit venir des bords de la Loire dame
Aloyse, pour leur apprendre la langue que
l'on parlait à la cour de Louis XI, et leur
enseigner les ouvrages à l'aiguille si utiles
pour passer le temps. Tout en nuançant les
fils d'or ou de soie, dame Aloyse leur disait
les gentilles manières des dames du pays de
France, l'influence qu'elles exerçaient sur
les chevaliers et sur les rois, enfin les
charmes de la parure avec ceux du bien
dire.

Un page espagnol leur montrait à jouer
du luth en chantant les amours des Aben-
cerrages; il leur faisait aussi répéter les
danses gracieuses de l'Espagne.

Odon, l'ancien écuyer de leur père, leur
apprenait à monter sans crainte un pale-
froi, et à le manier avec adresse; et leur
chapelain, le père Isidore, remplissait leurs
jeunes têtes de tout ce qu'il savait d'histoire
ancienne, de chroniques modernes, et de
légendes de saints.

Madame Isabelle ne confiait à personne
le soin de diriger l'âme de ses nièces chéries;
elle les menait elle-même dans les pauvres
chaumières de leurs vassaux.

—Mes filles, leur disait-elle, soyez bonnes;
la bonté est un don du ciel, elle nous met
en paix avec nous-même, et nous fait aimer
des autres. Le meilleur avantage des grands
est le pouvoir d'essuyer des larmes, c'est
une mission qu'ils ont reçue du ciel.

Puis, elle ennoblissait ces jeunes cœurs,
en leur montrant les portraits de leurs
aïeux réunis dans une longue galerie; elle

leur racontait de hauts faits d'armes ou des actions loyales.

— Vous ne pouvez, leur disait-elle, marcher sur les traces de ces preux, puisque vous êtes des femmes ; mais souvenez-vous de qui vous venez : être fier de ses ancêtres, c'est prendre l'engagement d'être digne d'eux ; en pensant à vos pères, vous serez plus difficiles sur le choix d'un époux, vous comprendrez mieux ce qu'il y aura de distingué en lui, vous élèverez vos enfans avec dignité.

C'est ainsi que les châtelaines de Mauléon grandirent. L'aînée, Ena (1) Blanche, vicomtesse de Soule, approchait de sa dix-huitième année ; elle avait le genre de beauté des femmes du pays Basque, un teint légèrement brun, un peu pâle, mais singulièrement agréable, rehaussé qu'il était par deux grands

(1) Eno , Ena , titre qui correspondait à Don et Dona.

yeux noirs, brillans et doux, ayant tour à
tour de la vivacité et de la nonchalance ;
quelquefois un parler rapide comme l'éclair
de la pensée ; puis des mots dits lentement,
comme si c'était une fatigue. Ena Blanche, un
peu gâtée par son rang d'héritière du comte
Bertrand, n'était point vaine malgré tout,
parce qu'elle était paresseuse et bonne.

Elle était effacée par sa sœur; une fois
que le regard avait rencontré Corisande, il
ne pouvait se détacher d'elle. Le mot de
charme aurait été créé pour Corisande; elle
avait du charme plus qu'aucune femme au
monde; il y en avait dans tous les mouvemens de sa taille flexible, et dans sa démarche aérienne; on se sentait captivé dans
l'étude qu'on faisait de la jeune fille; on suivait chaque nuance de sa ravissante physionomie, et on l'aimait, et on lui aurait dit :
Vous avez tout pouvoir sur moi!

Il y avait dans Corisande l'inspiration du soleil du midi ; elle était svelte, souriante et passionnée ; mais elle avait quelque chose de rêveur comme les filles du Nord : c'est que les Pyrénées ont aussi leurs neiges tournoyantes, leurs brumes fantastiques. Si le matin est inondé de lumière, de brises enivrantes, de souffles de bonheur ; souvent, le soir, c'est une épouvantable tempête qui accourt de l'Océan, ce sont des nuages chargés de foudres qui tombent des montagnes. L'âme de Corisande recevait l'influence des deux climats : un peu de tristesse se mêlait à la suavité de son sourire, et ses longues paupières voilaient un regard plein d'émotions ; il y avait la sensibilité d'une femme, la pureté des vierges, la mélancolie qui prévoit des douleurs.

Madame Isabelle, dont les pensées étaient pleines de deuil depuis la mort de son

frère, vivait dans la retraite. Il n'y avait
point de grandes réunions au château, on
n'y voyait que quelques amis du feu comte
Bertrand ou des émissaires des *Beau-*
monts (1) qui venaient demander des secours d'hommes ou d'argent, et qui apportaient des nouvelles de la Navarre.

Ena Blanche et Corisande n'avaient d'autres amusemens que la chasse au faucon le
long des rives du *Vert*, ou les danses de leurs
jolies vassales du pays basque. Cependant
elles ne connaissaient pas l'ennui; ces récits
de combats, ces passions des guerres civiles
dont l'odieux est caché sous un éclat roma-
nesque, des idées religieuses doucement

---

(1) Louis de Beaumont, comte de Lérin, connétable de Navarre, était le chef du parti rebelle; Pierre de Grammont,
maréchal de Navarre, embrassa la cause royale : de là les noms
de *Beaumonts* et de *Grammonts*.

Essais sur le Béarn, par M. DE BAUCÉ.

exaltées, les tours féodales, les habitudes d'un haut rang, les teintes graves des montagnes, tout cela à la fois avait donné à ces jeunes filles quelque chose de plus sérieux que leur âge.

III.

LA SOULE.

La large et longue vallée de la Soule est habitée par les Basques arrivés de l'Océan on ne sait plus à quelle époque; on ignore pareillement de quelle contrée ils venaient. Leur langue ne ressemble à nulle langue de l'Europe : des mots chaldéens s'y rencontrent; avec elle on explique les caractères phéniciens; les savans ont beaucoup re-

cherché l'origine des Basques; à force d'imaginer, l'un d'eux a dit et a écrit que la langue basque était celle du Paradis terrestre,
et qu'elle avait échappé sans altération à
la confusion de Babel.

Tandis que tout se modifie, la race belle
et fière des Basques a conservé ses mœurs
et sa beauté primitive, parce qu'elle ne
s'est point mêlée à d'autres. Renfermé dans
ses montagnes gracieuses, le Basque aime à
y vivre et veut y mourir; il ne prend pour
compagne que la femme de son pays; tous
ses sentimens sont profonds; fidèle à sa parole et à son amour, il est aussi constant à
la haine et à la vengeance. Tous les Basques
se croient nobles; leur commencement
se perd dans les siècles; ils n'ont été conquis par aucun peuple. Aussi n'y eut-il pas
de vasselage dans la terre de Labour.

Un peu à gauche de la vieille vallée de la

Soule, digne du plus beau peuple du monde,
on vit, à l'époque dont il est parlé ici,
une petite troupe de gens à cheval marcher
à la file dans un sentier dessiné sur le flanc
d'une montagne. A leur tête était Corisande
de Mauléon, la seconde fille du comte Bertrand. Son cheval gravit la montagne, il
s'alonge, il se cramponne aux saillies du rocher; si le pied lui manque, il roule dans le
précipice. Corisande, demi-assise, demi-sus-
pendue, s'amuse de la profondeur du torrent. Puis, le désir lui prend d'arriver plus
vite au sommet de la montagne, elle frappe
son cheval, qui bondit; elle ne s'en émeut
pas : c'est une fille des Pyrénées, presque
une fille de l'air!

Odon, l'écuyer de son père, vient après
elle; il est inébranlable sur sa selle, mais il
n'a pas, comme la jeune châtelaine, l'insouciance du danger.

— Prenez garde, Ena Corisande, lui crie-t-il; il ne faut pas se jouer ici; votre Isarn a le pied sûr, mais il pourrait, comme un autre, aller se briser là-bas.

La gouvernante Aloyse, née dans les plaines faciles de la Touraine, disait en tremblant de dessus sa mule :

— Chère Ena Corisande, soyez prudente; vous me glacez d'effroi.

La jeune fille souriait, mais elle ralentissait l'allure de son cheval pour ne pas affliger Aloyse.

Sur la croupe de la montagne, au milieu des sapins, était le monastère de la Foi, habité par de pieuses béguines qui avaient choisi le site le plus triste, afin de ne tenir à la terre par aucun lien. Sur la plate-forme, Corisande prit le galop; arrivée à la grande porte, elle n'attendit point que l'écuyer l'aidât à descendre de cheval, elle sauta lé- -

gèrement à terre, et se prit à agiter la cloche
qui annonçait les voyageurs. Qu'est-ce qui
attirait ainsi la jeune fille si belle et si
animée dans ce lieu de prière et de mélancolie ? Voulait-elle prendre place parmi les vierges méditatives de la Foi ? Oh, non ! elle n'é-
tait que sur le seuil de l'existence ; elle la voyait
à travers des arcs de fleurs, se prolongeant
dans un immense lointain ; elle la voyait
peuplée d'émotions nobles et douces ; elle
n'eût pas voulu renoncer à la plus petite
part de tous ces biens. Qui n'eût pensé
comme elle ! Naissance, fortune, beauté,
esprit élevé, amour de tout ce qui l'entourait, où trouver une escorte plus brillante
pour marcher dans la vie ?

Corisande venait chercher la vicomtesse sa
sœur au couvent de la Foi, sa sœur qu'elle
aimait plus qu'elle-même. Qui n'a pas eu de
sœur est à plaindre : une sœur, c'est la moi-

tié de votre sang, la moitié de votre âme;
vous avez été pressé avec elle sur le sein
maternel; vous avez grandi ensemble sous
l'œil de votre père; tous ces riens char-
mans de l'enfance, dont le souvenir va
toujours croissant, à mesure qu'on prend
de l'âge, c'est avec votre sœur que vous en
avez joui et que vous en parlez. Elle est le
don de la Providence; la consolation que
Dieu plaça près de vous dans son amour!
C'était sa sœur, que Corisande allait revoir.

Ena Blanche avait été malade; les Eaux-
Bonnes, dès lors à la mode à la cour de
Béarn, lui furent ordonnées; madame Isabelle, effrayée d'un déplacement, se trouva
heureuse de confier sa nièce à la prieure
de la Foi, cousine de son chapelain Isidro.
La mère prieure allait aux Eaux-Bonnes
pour rétablir sa santé altérée par les péni-
tences que lui suggérait une âme ardente;

elle se chargea volontiers de la jeune vicomtesse de Soule. Après six semaines de séjour aux eaux, Ena Blanche était retournée
au couvent avec la prieure; Corisande avait
obtenu de sa tante la permission de venir
la chercher, pour la voir quelques heures
plus tôt.

IV.

UNE CONFIDENCE.

Les deux sœurs sortirent du couvent
en se tenant sous le bras.

— Nous serons plus en liberté dehors
pour causer, dit l'aînée; je vous avoue,
ma sœur, que ces grilles m'ennuient beaucoup.

— En entrant ici, répondit Corisande,
j'ai éprouvé plus de pitié que d'admiration.

Toujours là! De là au cimetière! Une tombe
éternelle!

Elles vinrent s'asseoir sous des sapins, et
restèrent un moment en silence, l'âme saisie
par la vue des hautes murailles du monastère et de la désolation de la contrée :
c'étaient des rocs gris sans pelouse, des rocs
brisés, des buis chétifs et jaunâtres, quelques
sapins d'un vert funèbre, des vautours qui
s'abattaient sur leurs branches; pas d'autre
bruit que le *Saison* qui mugissait au loin.

— Je pensais à présent, dit Corisande,
qu'il peut y avoir des existences semblables à ce paysage; existences arides et
muettes.

— Comme celle de ces nonnes, répondit
Ena Blanche.

— Non, il y a parmi elles enthousiasme,
vision du ciel.

— Vous êtes si rêveuse, dit la vicomtesse

en riant, que vous seriez capable d'aimer cette vie contemplative.

— Oui, parfois; il est des momens où mon âme va si haut, qu'il lui semble entendre chanter les anges; oh! alors je suis heureuse! mais un de vos rires, ou le papillon qui vole, dérange tout cela.

— Je serais bien curieuse de savoir ce que vous pensez, lorsque vous demeurez long-temps silencieuse, et que votre regard semble voir autre chose que ce qui est autour de vous.

—Comment pouvoir le dire? Souvent je n'ai point de pensée; mon âme rêve, bercée par le vent et l'orage; au réveil je sens de la tristesse dans mon cœur, une larme dans mes yeux. Qu'est-ce? Souvent aussi je me sens heureuse; c'est un beau jour, une fleur, moins que rien, qui me donne cette joie. D'où cela vient-il?

— Dites-moi, Corisande, dans ces rêveries, ne pensez-vous jamais à un chevalier?

— Oh! oui, je pense à François de Béarn,
à tout ce que la renommée dit à sa louange :
quelquefois, je voudrais être son page
pour le suivre à la guerre contre les Na-
varrois rebelles, lui sauver la vie au péril
de la mienne; ou bien je voudrais, moi,
jeune fille, pacifier la Navarre, et le faire
couronner roi à Pampelune, comme Jeanne
d'Arc fit pour le roi de France Charles VII.
Voilà mon idée fixe, celle avec laquelle je
m'endors, celle qui se transforme en rêve,
et que je retrouve au réveil.

— C'est votre ermite qui vous attire au
parti de François!

— L'ermite Adémar s'intéresse à notre
prince et m'apprend à l'aimer; mais, ma
Blanche, ne trouvez-vous pas digne de sou-

venir un roi jeune, beau, dit-on, en butte à
des factions, plein d'honneur, de science
et de courage? Je vous ai vue vous animer
en lisant l'histoire des grands hommes;
pourquoi?...

— Votre prince, Corisande, n'est pas encore un grand homme; c'est tout au plus
s'il n'est pas un enfant.

— C'est parce qu'il est fort jeune, qu'il
plaît à mon imagination; je comprends une
jeune âme; je ne saurais aussi bien m'associer aux impressions plus graves, plus cal-
culées, d'un homme avancé dans la vie.

— Quoique fille aînée d'un *Beaumont*, je
ne vous conteste pas les perfections de François de Béarn. Mais vous dépassez un peu
la renommée à son sujet.

— Mon Dieu, Blanche! n'avez-vous pas
entendu dire, même aux gens du parti des
Beaumonts, que notre jeune sire était doué

d'une sagesse prématurée, qu'il avait un
grand savoir, de la magnanimité, un air
de héros ? Ne savez-vous pas que ses sujets
l'ont nommé Phébus dans leur adoration?

— Laissons-là François, notre ennemi ;
car, jusqu'à cette heure, on nous a dit de
le haïr ainsi que sa race. Quand je vous demandais si vous pensiez à un chevalier, je
voulais dire si vous y pensiez d'amour.

— Penser d'amour ! à qui? aux vieux amis
de mon père? Vous savez que je ne connais
pas d'autres chevaliers.

— Et vous ne rêvez pas à un chevalier
inconnu, Corisande? vous ne l'attendez pas ,
vous ne l'appelez pas?

— Non, chère Blanche! pas du tout!... Je
sais qu'il viendra un jour; on a le temps de
l'attendre, quand on n'a pas tout-à-fait seize
ans.

— Elles sont pourtant bien douces au

cœur ces pensées de chevaliers et d'amour, reprit la vicomtesse, après un moment, en baissant ses paupières brunes.

— Je le crois, répondit Corisande d'un air rêveur. Blanche, pourquoi ces questions?

— Je voudrais, chère amie, que vous ne fussiez pas si loin de moi. Vous n'êtes point préparée à ce que j'ai à vous dire, vous allez vous étonner.

La jeune vicomtesse s'arrêta et rougit.

— Ma sœur, dit tendrement Corisande, est-ce que nous pouvons être loin l'une de l'autre? est-ce que nos âmes ne vont pas d'un seul bond?

—Ceci est un nouveau jour, je ne me reconnais pas moi-même, comment pourriez-vous m'entendre?..... Vous savez bien cet amour que nous trouvons dans les lais des trouvères, dans les longues ballades; cet amour dont dame Aloyse fait tant de beaux

récits mêlés de larmes et de joies;..... eh
bien! cet amour je l'ai dans le cœur aussi!

— O Blanche! pour un vrai chevalier?

— Oui, ma sœur, pour Joan d'Andoins,
baron de Béarn; je l'ai vu tous les jours aux
Eaux-Bonnes.

— Vous aimez! dit tristement Corisande;
vous allez donc avoir un sentiment que je
n'aurai pas! Et que va être votre tendresse
pour moi?

— Ce qu'elle était, ce que vous savez bien
qu'elle est, s'écria la vicomtesse en embrassant sa sœur.

— Est-ce que ce nouveau sentiment ne
domine pas tout, ne laisse pas tout le reste
dans l'ombre? demanda Corisande. Notre
amitié avait tant de charmes! ne vous suf-
fisait-elle pas? Qu'aviez-vous besoin d'appeler cet étranger? est-ce qu'il y avait place
pour lui dans votre âme? La mienne est si

remplie par vous, ma tante, dame Aloyse, l'ermite, Dieu, et les enchantemens infinis qui
se trouvent dans les bruits, les vapeurs, les
parfums de la montagne... Oh! que ferez-
vous de cette nouvelle pensée? tandis qu'il
y en a tant qui se heurtent! Pourquoi chercher une émotion? parfois une de plus me
briserait l'âme!

— Chère sœur! j'ai vu Joan d'Andoins; je
l'ai aimé en même temps que j'ai été aimée
de lui. Il veut me demander en mariage à
ma tante; héritière de notre maison, je suis
un bien grand parti pour lui. Mais je sens
que cette union fera mon bonheur.

— Alors, ma Blanche, il faut que j'aime
votre chevalier, qu'il devienne le mien
aussi. Je ne puis me séparer de vous: dites-
moi l'âge du baron d'Andoins, parlez-moi
de sa personne; il faut que je le connaisse
et que je l'aime.

— Il a vingt-six ans, son air est vif et ouvert, son cœur généreux. Vous le verrez ;
vous le trouverez mieux que je ne pourrais
le dire ; de plus, il est l'ami de votre prince.
Lui aussi ne parle de François de Béarn
qu'avec admiration.

— Il est l'ami de François ! c'est tout un
éloge... ... Vingt-six ans, Blanche! ajouta Corisande après un peu de silence. Une chose
me déplaît ; dans des temps comme ceux-ci,
un jeune seigneur devrait avoir fait ses
preuves à vingt-six ans.

— Il aurait combattu avec François-
Phébus, si tout ne faisait pas présumer que
la Navarre va se soumettre sans tirer l'épée.
D'ailleurs il n'est point resté oisif; madame
Magdeleine a donné au baron d'Andoins
une mission secrète auprès de son frère, le
roi de France. Vous sentez qu'il faut avoir
quelques talens pour être envoyé, si jeune,

près d'un monarque artificieux, comme on dit qu'est Louis XI. Du reste, je ne tiens pas à la gloire pour mon époux; qu'il soit bon, loyal, qu'il m'aime, c'est tout ce qu'il me faut.

— Il me faudrait plus encore.

— Quoi donc, Corisande?

— Je voudrais admirer l'homme dont je porterais le nom! Nous autres femmes nous sommes peu de chose, et pourtant nous avons le cœur haut; notre lustre doit être dans l'époux qui nous protége. Croyez-moi, Blanche, cela doit être beau, en s'appuyant sur son bras, de voir les hommes s'incliner devant lui, et les femmes dire : Qu'elle est heureuse!

— L'admiration doit gêner l'amour.

— Non! bien au contraire! L'amour doit se nourrir d'enthousiasme. Je voudrais que celui que j'aimerais fût grand, grand jus-

ques aux cieux! je me mettrais à genoux
devant lui pour l'adorer!

— Et vous, ne vous trouveriez-vous pas
à une trop grande distance de lui? vous ne
craindriez pas de n'être pas aimée?

— O Blanche! il m'aimerait! mon âme
s'élèverait avec la sienne, mon cœur irait au
sien ; il se sentirait tant aimé qu'il m'aimerait!

—Moi, il me ferait peur! Corisande, vous
étiez faite pour être du temps de Renaud
le Paladin. A vous parler franchement, je
préférerais à tant d'éclat une cabane avec
Joan.

Corisande rêva un moment; la sensible
jeune fille continua bientôt d'une voix attendrie :

—Oui, il doit y avoir du bonheur dans
un désert avec un être tel que je l'imagine.

Puis, elle reprit en souriant :

— Le sais-je seulement? que m'importe encore!

Les deux sœurs étaient assises près de l'église. Les religieuses se rendirent au chœur; leurs voix plaintives murmurèrent des psaumes; Blanche et Corisande se turent et écoutèrent. Puis, Blanche dit à voix basse à sa sœur :

— Il y a des larmes dans ces voix.

— Il y a de l'amour aussi, répondit ori-sande; c'est ce qui les console.

— En présence de ces accens pieux, je n'ose plus parler de Joan.

— Pourquoi pas, Blanche? Sans doute c'est Dieu lui-même qui met l'amour dans les belles âmes; c'est un de ses rayons qui vient nous apprendre le ciel.

— Vous êtes une singulière créature; vous parlez quelquefois de l'amour comme

si vous le connaissiez, puis vous n'en savez
pas un mot.

— Il y a de tout dans ma tête, repartit
Corisande en riant; toutes choses y sont
jetées pêle-mêle, le rire et la tristesse, la
prière, l'enthousiasme et les puérilités; il y
a de la bonté et de la malice, et, si j'osais,
je dirais de l'héroïsme aussi. Depuis que je
me connais, mon cœur a battu pour toutes
les gloires; et pourtant je me plains si une
épine me pique, et j'effeuille la marguerite
pour y chercher des oracles.

La jeune vicomtesse se prit à rire à son
tour du langage de sa sœur.

— Oui, nous voilà, dit-elle. Mais, si on
le savait, qui oserait aimer un objet si
changeant?

— Ces contrastes ne font pas de mal;
c'est peut-être la parure de la vie. Blanche,
nous sommes appelées à une mission d'a-

mour, de pitié, de dévouement. Ah! re-
mercions le Ciel d'être de jeunes filles!

La vicomtesse devint pensive, puis elle
dit :

— Revenons au baron d'Andoins : vous
souvient-il que ma tante nous a parlé
du baron Odet d'Andoins qui l'avait demandée en mariage? C'était le père de Joan.

— Je me rappelle que ma tante a souvent
fait son éloge : c'est un augure heureux pour
le consentement que vous lui demanderez.

— Je ne pense pas qu'elle ait beaucoup
d'objections à faire, n'est-ce pas?

— Elle pourra trouver qu'il est de moindre rang et de moindre fortune que l'héritière du comte de Mauléon, la vicomtesse
de Soule; elle n'aura point de sympathie
pour un seigneur de la cour de Pau, un ennemi des *Beaumonts*; et de plus, ma
Blanche, je crains qu'elle n'ait déjà disposé

de votre main. N'a-t-elle pas dit plus d'une fois qu'elle n'inviterait point de jeunes seigneurs à Mauléon, parce que vous ne pouviez vous-même vous choisir un époux?

— J'avoue que j'ai été souvent troublée de l'intention qu'elle y mettait.

— Elle vous répétait : Blanche, votre cœur est un dépôt qui vous sera demandé. Combien de fois je me suis attristée en vous voyant folâtrer, légère, insouciante! peut-être, pensais-je, il y a une chaîne qu'elle ne connaît pas.

— Taisez-vous! ah! taisez-vous, Corisande! vous me donnez de l'effroi!... Après tout, ce ne doit être qu'un plan de ma tante; pourrait-elle y tenir plus qu'à la certitude de faire mon bonheur?

Causeries de jeunes filles ne finissent jamais, elles vont vite et loin. Le sénéchal Hubert vint les interrompre; il dit en s'in-

clinant que l'heure du départ était passée,
et que, si c'était leur bon plaisir, il donnerait l'ordre de monter à cheval.

— Déjà! dirent-elles.

V.

JEUNES FILLES.

Huit jours après, Corisande lisait haut
les chroniques du temps des Croisades; elle
s'interrompit :

— Dites, Blanche, n'auriez-vous pas,
comme la reine Marguerite, demandé au
sire de Joinville de vous trancher le cou
plutôt que de tomber entre les mains des
Sarrasins ? J'aime ces récits d'une terre

étrangère et lointaine, de cet Orient d'où
nous viennent le soleil et les parfums. Ma
sœur, est-ce que vous ne trouvez pas bien
merveilleuse cette histoire du saint roi
Louis de France?

La vicomtesse ne répondait pas, ou répondait de travers. Corisande la regarda
avec tristesse.

—Qu'est-ce? se disait-elle. Dame Aloyse
et le père Isidro se plaignent qu'elle ne les
écoute pas; elle n'est plus avec moi; il faut
lui parler de son Joan pour que mes paroles
aillent encore à son cœur.

Alors Corisande nomma Joan. A ce nom,
Blanche devint attentive; bientôt ce fut
elle qui se prit à raconter chaque minute
passée aux Eaux-Bonnes.

Cette montagne était si belle! elle y avait
rencontré Joan. Cette source était bénigne!
Joan y buvait avec elle. Tel passage était

dangereux! Joan était accouru à un cri de terreur qui lui était échappé. Elle n'allait point aux bals de la princesse Catherine, sœur de François de Béarn, parce que la supérieure de la Foi lui refusait tout plaisir mondain; mais Joan n'y allait pas non plus, parce qu'il était en deuil de son père.

O femmes! qu'est-ce que l'univers, sinon votre amour, tout le prisme qui fait et défait les couleurs!

Corisande ne se lassait point d'écouter sa sœur; elle l'aimait si passionnément qu'elle adoptait toutes ses émotions; elle éprouvait aussi cette curiosité de jeune fille qui fait aimer les confidences de ce genre.

Si Blanche se taisait, Corisande devenait rêveuse, puis elle disait :

— Blanche, il y a donc bien du charme dans l'amour?

— Oh! certainement oui, reprenait la vicomtesse; je dédaigne les années que je viens de passer sans connaître Joan.

— Ma sœur, vous blasphémez! s'écriait Corisande. Est-ce du temps perdu que celui où l'on apprend à se rendre digne de l'homme que l'on aimera? est-ce que votre cœur était vide de tendresse? Ingrate! est-ce que chaque jour ne vous apportait pas un bienfait du Ciel; une caresse de vos amis; des jeux, des rires, une de ces larmes qui ressemblent au bonheur? Qui sait si nous n'aurons pas regret à tout cela! Quelque chose me crie que nos jours d'adolescence devraient être reçus à genoux.

VI.

LA TOURELLE.

Au xv° siècle, les dames avaient des oratoires, où elles se retiraient pour prier, pleurer et réfléchir ; elles aimaient à mettre à nu, devant Dieu, leur cœur pour en compter les plaies ou les fautes, et chercher le remède.

Au siècle dernier, elles avaient un boudoir élégant, parfumé, voluptueux comme elles ; sanctuaire où la mollesse, la frivolité, les passions d'un jour, venaient se réfugier.

Aujourd'hui, les femmes occupées, artistes, écrivains, ont des salons d'étude; elles y dessinent, apprennent des langues, déchiffrent une musique savante, y distribuent des billets de bienfaisance.

La tourelle, où se renfermaient les jeunes châtelaines de Mauléon, tenait lieu d'oratoire, de boudoir, de salon d'étude, et ne ressemblait parfaitement à rien de ce qu'on appelle ainsi. Ce lieu chéri était orné comme leur âme; en harmonie avec leur manière de vivre, il y avait chevalerie, poésie, religion.

Les murs étaient revêtus de tentures de soie bleue, enlevées par le comte Bertrand à un scheik Maure : des grenades et des croissans étaient brodés en argent sur ces tapisseries; un drapeau vert, avec le nom

d'Allah, était attaché par une écharpe de
même couleur, qui réunissait en faisceau
un poignard mauresque, un cimeterre de
damas, un tronçon d'épée, et une lance
arabe. Vers le fond de la tourelle, au milieu
de ces dépouilles mahométanes, on voyait
s'élever un petit autel, de marbre blanc des
Pyrénées, qui soutenait une croix, et une
image de Marie; une coquille rapportée
d'outre-mer, par un comte de Mauléon,
servait de bénitier; une lampe d'une forme
capricieuse et légère descendait de la
voûte, et brûlait des parfums : deux luths
étaient suspendus à la muraille, parmi les
lauriers du dimanche des Rameaux, les fleurs
mystérieuses du matin de la Saint-Jean,
et les bouquets nouveaux de chaque jour.

Cet oratoire, décoré par les soins de la
comtesse de Mauléon, chronique parlante de
la valeur de leurs aïeux, était cher aux deux

orphelines; elles y passaient une partie de
la journée à prier, à broder, à chanter des
chansons patriotiques de leur pays, à raconter des fabliaux français et des histoires
Maures; elles s'y entretenaient de leur père
si craint et si révéré; de leur mère si belle
et si douce, qu'elles n'avaient point connue;
mais, si elles y exprimaient des regrets, elles
y parlaient aussi d'espérance; et leur jeune
imagination arrangeait chaque jour un
nouvel avenir.

Corisande était appuyée contre la croisée
en ogive de la tourelle; les vitraux peints
reflétaient le soleil couchant; leurs nuances
d'émeraude, d'azur, de pourpre et d'or, se
jouaient autour de la tête de la char-
mante fille. C'était une bonne heure pour
rêver! la vallée de la Soule était dans le
silence et dans l'ombre; elle se reposait du
poids du jour. L'antique manoir seul rece-

vait encore les derniers rayons du soleil; la
paix se glissait partout. Corisande pensait :
elle se demandait pourquoi sa sœur n'était
pas là? pourquoi elle la laissait si souvent
seule? pourquoi ce changement dans leur
vie? Un premier mécompte, quelque léger
qu'il soit, est une douleur; la jeunesse s'en
étonne, elle s'en indigne sévèrement.

La vicomtesse survint. Corisande essuya
à la hâte une larme qui lui était échappée.

— Chère Corisande, dit Blanche émue et
rouge, voilà une lettre; devinez de qui elle
est.

— Le nom est dans vos yeux; elle est de
Joan d'Andoins.

— Lisez-la, Corisande! dites-moi ce que
vous en pensez.

La lettre du sire d'Arthez était pleine de
tendresse, de crainte et d'espoir, comme
toutes les premières lettres d'amour; il me-

surait l'inégalité de leur fortune; rappelait modestement, mais avec adresse, les aveux de Blanche, et s'appuyait sur ses promesses pour oser réclamer sa main. Il demandait s'il lui serait permis d'envoyer son parent, le sire de Navailles, pour faire agréer ses prétentions à madame Isabelle, et finissait en disant que toute sa destinée dépendait du bon ou mauvais vouloir de la vicomtesse Blanche.

— Chère amie, dit Corisande, il faut montrer cette lettre à ma tante.

— Que dites-vous? vous voulez que j'apprenne à ma tante que j'aime le baron d'Andoins, que j'ai pris des engagemens sans son aveu! c'est au-dessus de mes forces. Attendons le sire de Navailles.

— Ma Blanche, vous avez eu tort de manquer de confiance envers notre seconde mère; il est encore temps, ouvrez-lui votre

cœur; en quoi cela peut-il vous faire mal?
vous serez en paix avec vous, appuyée par
sa tendresse, éclairée de ses conseils.

— Dire à ma tante que j'ai donné ma parole à un jeune seigneur que j'ai rencontré,
c'est plus que je ne puis; et, elle, va me
nommer le mari qu'elle me destine! il faudra
contester avec elle; je n'ai pas ce courage,
attendons!

— Blanche, voulez-vous que je parle
pour vous? dit Corisande en l'embrassant.

— Oui! oui! vous parlerez pour moi;
vous direz mieux; d'ailleurs, ma tante vous
préfère à moi, vous le savez.

— Je commencerai; mais vous parlerez
à votre tour; ah! croyez-moi, l'amour vous
donne une puissance de parole que je ne
saurais imiter; vous me faites aimer Joan,
vous le ferez aimer à ma tante.

— Chère sœur! répondit la jeune vicom-

tesse attendrie, ton amitié pour moi t'inspi-
rera! n'as-tu pas toujours été mon ange,
ange plus jeune, et pourtant ange protecteur? tu ne savais pas encore parler, que
déjà tu joignais tes petites mains pour demander ma grâce.

VII.

L'AVEU.

Vers dix heures du soir, il ne restait plus
dans la grande salle que madame Isabelle, le
chapelain, dame Aloyse et les deux sœurs ;
c'était le moment choisi où Corisande devait
redire les aveux de la jeune vicomtesse. Ena
Blanche regardait sa sœur avec trouble ; Corisande entr'ouvrait les lèvres et se taisait ;

pas un mot n'arrivait comme elle l'eût voulu.
Au fond de son cœur il y avait de quoi plai-
der et gagner sa cause; les paroles étaient
brûlantes, les raisons décisives; et pourtant
elle rejetait chaque expression : ce n'était
pas bien, ce n'était pas cela.

Madame Isabelle dit alors :

— Mes filles, roulez votre tapisserie; la
veillée va finir.

Et Corisande brusquement :

— N'est-il pas vrai, ma tante, que je vous
ai entendu parler de la maison d'Andoins
de Béarn?

— Je vous ai dit qu'Odet d'Andoins,
châtelain d'Arthez, m'avait demandée en
mariage.

— Ma tante, pourquoi ne l'acceptâtes-
vous pas?

— Parce qu'une fille de la maison de
Mauléon a le droit d'être difficile.

Ici, les deux sœurs se regardèrent avec anxiété.

— Est-ce qu'il n'était pas de bon lignage? n'était-il pas brave et courtois?

— Il était tout cela.

— Vous n'aviez pas d'amour pour lui?

— Je l'eusse préféré à tous les préten- dans à ma main; mais votre père, mon frère bien-aimé, était assailli de soucis et de dangers; je restai avec lui : bientôt, je remplaçai votre mère près de vous; ces soins, et les vicissitudes de notre maison, remplirent tout mon cœur.

Les deux orphelines se penchèrent sur la main de leur tante, et la baisèrent avec amour.

— Chère tante! reprit Corisande, ce fut un sacrifice immense.

— Plus tard, je me félicitai de mon refus lorsque je vis le baron d'Andoins s'éloigner de mon frère pour se rallier au parti des Grammonts.

— Le baron faisait son devoir; il servait les princes de Foix ses souverains, et les légitimes héritiers de la Navarre : tandis que nos Beaumonts, ma tante, servaient de chefs aux rebelles.

— Osez-vous dire que votre père fût un rebelle? n'a-t-il pas servi la bonne cause?

— La bonne cause! reprit Corisande en souriant; ces mots ne sont-ils pas écrits sur la bannière des deux partis?

Madame Isabelle, regardant les armes de Mauléon sculptées sur la haute cheminée, s'écria avec la solennité qu'elle mettait à tout, et de l'accent d'une religion blessée :

— Illustre maison! tes chefs ne sont plus! L'épée est remplacée par la quenouille; qu'au moins ces deux frêles rejetons ne t'insultent pas!

La vicomtesse laissa échapper un geste de reproche. Elle regardait douloureusement Corisande.

— Ma sœur, que faites-vous ? dit-elle.

— J'ai tort, grand tort !... Mais rassurez-vous, ma noble tante ; la mémoire de mon père m'est chère et sacrée ; tous les jours, je me demande : Corisande, es-tu digne de lui ? et je fais en sorte qu'il puisse dire : Bien, ma fille.

— Chère enfant ! dit madame Isabelle en la baisant au front avec une émotion qui l'entraîna presqu'à son insu.

Elle la regardait avec complaisance ; après un moment, elle ajouta :

— Je dirai pour lui : Bien, ma fille.

— Ma tante, reprit Corisande avec une voix plus douce encore que de coutume, et très émue, c'est chose singulière, et peut-être mystérieuse : il est dans la destinée des

barons d'Andoins de se laisser charmer
par les filles de la maison de Mauléon.

— Bon Dieu! s'écria dame Aloyse, qu'a
donc Ena Blanche? elle est d'une pâleur à
mourir.

— Souffrez-vous, mon enfant ? demanda
madame Isabelle avec affection.

— Oui, ma tante, elle souffre, répondit
Corisande, les yeux gros de larmes; notre
Blanche chérie a le cœur oppressé.

Ena Blanche se laissa doucement aller aux
genoux de madame Isabelle; Corisande se
plaça à côté d'elle; et leur tante disait :

— Qu'y a-t-il ? que faites-vous, mes filles?

— Chère tante! Blanche est aimée du sire
d'Andoins; vous pouvez dédommager le
fils des chagrins que vous donnâtes au père.

— Comment Blanche serait-elle aimée
du baron d'Andoins? comment le saurait-
elle ?

— Elle l'a connu aux Eaux-Bonnes.

— Et que vous importe cet amour, ma nièce?

— Je l'aime aussi, dit Blanche osant à peine se faire entendre.

— Vous l'aimez? répéta madame Isabelle stupéfaite.

— Et voilà une lettre du sire d'Andoins, continua Corisande.

Madame Isabelle passa la lettre au chapelain.

— Lisez, mon père.

Pendant la lecture, le chapelain hochait la tête; madame Isabelle était sombre, et laissait échapper des exclamations :

— Se prendre ainsi d'amour! sans conseils, sans dignité! Imprudente fille, vous paierez votre faute !

La lecture finie:

—Demoiselles, levez-vous, et suivez-moi;

dame Aloyse, prenez ce flambeau ; et vous, chapelain, accompagnez-nous.

Madame Isabelle sortit de la salle, et tous la suivirent dans un profond silence.

VIII.

UN SERMENT.

Mademoiselle de Mauléon se dirigea vers l'appartement du comte Bertrand. Cet appartement était inhabité, personne n'y entrait, hors madame Isabelle; les deux orphelines avaient pris l'habitude de parler bas, en passant devant la porte, et les domestiques traversaient en silence le corridor où il était situé ; c'était du respect , et une crainte superstitieuse.

Madame Isabelle et ses nièces furent saisies d'une vive émotion en entrant dans la vaste chambre tendue de noir ; tout y était comme au jour de la mort du comte : les vêtemens, les meubles, qui font croire à la présence de l'être qui n'est plus ; les cierges , le romarin brisé, un parfum d'encens, qui attestent la cérémonie funèbre. Le casque , et les armes, appendus à la boiserie, rendirent un léger son , au bruit des pas des châtelaines ; madame Isabelle vint près du lit.

—Voilà, dit-elle, où mourut votre noble père , puisse-t-il être dans les cieux ! Vous aviez dix ans, Blanche, vous n'avez pu l'oublier ?

— Je me le rappelle, répondit Blanche.

—C'était la nuit : on vous conduisit à la

place où vous êtes, pour être bénie par lui : vous souvient-il à quelles conditions ?

La jeune vicomtesse répondit fort tremblante :

— Pourvu que j'obéisse un jour à ses volontés, que vous deviez me transmettre.

— Ces volontés, les voici, dit madame Isabelle.

Elle ouvrit un coffret de plomb, en tira un parchemin, et le remit au père Isidro : il lut :

« Ma volonté est que ma fille, la vicom-
» tesse de Soule, se marie à mon frère
» d'armes, Louis de Beaumont, comte de
» Lerin. »

— Grand Dieu! ah! grand Dieu! s'écria Blanche.

— Écoutez, dit madame Isabelle en la tenant par le bras.

Le père Isidro poursuivit :

« Louis de Beaumont m'a sauvé la vie; je
» lui paie ma dette en lui donnant l'héritière
» de la Soule et de mes seigneuries de Na-
» varre; que ma fille lui apporte ma for-
» tune et mon amour, et que Louis de Beau-
» mont remplace le fils que j'ai perdu. A
» défaut de ma fille Ena Blanche, ma fille
» Ena Corisande héritera de mes biens, et
» épousera Louis de Beaumont. Qu'elles
» soient bénies pour leur obéissance; et
» si elles désobéissent, maudites soient-
» elles! »

Le père Isidro se tut; un silence profond
s'ensuivit : Blanche restait frappée comme
de la foudre, les autres n'osaient parler.
Après un moment, madame Isabelle reprit :

—Vous le voyez, ma fille, vous ne pouvez épouser le baron d'Andoins; vous êtes
liée.

—Liée! horriblement liée! s'écria Blanche hors d'elle-même; liée sans que j'en susse rien!

—Avez-vous oublié que mon frère vous dit : Ma fille chérie, me promettez-vous de m'obéir quand vous serez grande? Que lui répondîtes-vous, Blanche?

—Je ne savais ce que c'était, répliqua-t-elle toute en pleurs.

—Tâchez de vous rappeler ce que vous répondîtes.

—Je répondis que j'obéirais; mais je ne savais pas ce qu'on me demandait.

—Alors votre père étendit les mains sur vous, en disant : Si cela est ainsi, Dieu vous bénira.

—Pourquoi, répliqua Blanche avec l'accent du reproche, ne m'avoir pas appris de quelle nature était cette obéissance que demandait mon père? Pourquoi ne m'avoir

pas parlé du comte de Lerin? je me serais
résignée d'avance.

—Le comte de Lerin a désiré que vos
engagemens vous fussent tenus cachés;
mais je vous ai dit souvent, ma nièce, que
vous ne vous apparteniez pas, que vous
n'étiez pas libre de vous choisir un époux.

—Ce n'était point assez précis!

—Pouvais-je croire, Ena Blanche, répondit madame Isabelle avec sévérité, qu'une
jeune dame irait donner son cœur au premier chevalier qu'elle rencontre, sans nul
souci de son rang ni des intentions de sa
famille?

—Oh! ma tante, dit Corisande, aussi éper-
due que sa sœur, épargnez ma pauvre
Blanche, elle est bien assez malheureuse!

—Dans peu, continua madame Isabelle,
lorsque vous auriez atteint dix-huit ans, je
devais vous apprendre que vous étiez des-

tinée au plus noble seigneur des Espagnes,
au chef des Beaumonts, au Connétable de
Navarre, royal par son sang et par son caractère; je m'attendais que vous seriez re-
connaissante de la bienfaisante sollicitude
de votre père, et joyeuse de vous dévouer
à ses ordres.

— Cela eût pu être, répondit Blanche
d'une voix éteinte; mais à présent je ne le
puis.

— Voulez-vous donc que votre père re-
prenne la bénédiction qu'il vous donna; qu'il
se lève de la tombe pour dire : Qu'elle soit
maudite!

Blanche recula épouvantée. Dans ce moment elle aperçut le portrait du comte Bertrand; elle vit son front altier, son regard sévère. Elle crut que c'était lui-même; se jetant
à genoux, elle criait dans son égarement :

—Grâce! grâce! mon père, je vous obéirai!

Et elle tomba sans connaissance ; on l'emporta. Lorsqu'elle eut repris ses sens, elle
se vit entourée ; on lui prodiguait des soins
pleins d'une tendre pitié. C'était confirmer
son arrêt.

IX.

L'ERMITE.

A peine il faisait jour, Corisande frappait à la porte de sa gouvernante Aloyse.

—Chère dame Aloyse, réveillez-vous! de grâce, venez avec moi chez l'ermite!

—Déjà! Ena Corisande.

—Ma sœur a passé la nuit dans les sanglots; elle vient de s'endormir de fatigue. J'ai pensé qu'Adémar pourrait nous aider

de sa sagesse. Allons le consulter; une minute perdue ne peut se calculer; ma sœur
est au désespoir.

— Allons! dit dame Aloyse.

Elles s'enveloppèrent toutes les deux de
leurs mantes, et sortirent par la poterne
qu'on ouvrit à leur ordre. Le brouillard cachait les cimes les plus élevées, il flottait
en écharpes légères sur les flancs des montagnes; les cloches sonnaient l'Angélus du
matin, cette simple prière que récite pieusement l'homme des campagnes, comme un
salut au nouveau jour, et qui alors était aussi
la prière des grands. Corisande la redit avec
plus d'élan que de coutume; elle souffrait
au cœur.

Corisande monta le sentier qui s'élevait
jusqu'à l'*Ermitage de la Croix*. En ce
lieu, dans les temps éloignés, un meurtre
avait été commis. Suivant l'usage, on y avait

planté une croix pour avertir le voyageur
et demander une oraison. Dans la suite, des
hommes pieux s'étaient creusé dans le roc,
au pied de la croix, une chapelle et une cellule qu'ils habitaient. L'ermite qui occupait alors cette retraite ne ressemblait en
rien à ceux qui l'y avaient précédé. On ne le
voyait pas descendre dans les vallées pour
remplir son bissac des dons du vassal ou du
seigneur; il vivait des fruits qu'il cultivait
lui-même. Lorsque la mère éplorée venait
lui demander la guérison de son enfant, il
ne lui donnait ni croix bénites ni rosaires,
mais lui disait : Dieu seul inscrit ou efface
sur le livre de vie, priez avec moi; et quand
il avait prié, il cherchait des plantes dont il
connaissait la vertu. Si les jeunes filles voulaient, en rougissant, lui confier leurs fautes, il refusait de les entendre, en disant :
Un pécheur comme moi ne peut ni juger

ni absoudre; mais il avait des consolations
pour les chagrins.

Adémar était Français. Quoiqu'il eût appris la langue des Basques, il inspirait moins
de confiance aux pâtres que s'il eût été de
leur pays; ils révéraient sa paternelle sollicitude qui s'intéressait à tous leurs maux,
mais ils évitaient de l'approcher lorsqu'ils
le rencontraient méditant sur le penchant
des cataractes; ils éprouvaient un mouvement de crainte, quand, la nuit, ils le voyaient
sur la pointe des rocs immobile dans la con-
templation des cieux; ils ne disaient pas
familièrement, comme de ses devanciers,
le *bon père;* mais ils gardaient la tête dé-
couverte et le corps incliné long-temps après
qu'il avait passé.

Dame Aloyse avait recherché cet ermite de
France; elle aimait à retrouver avec lui l'accent de la patrie; elle lui avait amené ses

nobles élèves, et Corisande, toute enfant,
avait reçu une impression de respect filial
pour cet homme extraordinaire. Elle allait
plus souvent encore le voir depuis qu'elle
avait grandi ; elle recueillait dans ses entretiens des idées fortes et généreuses, et peut-
être un peu de cette rêverie qui tempérait
en elle la vivacité de l'âge. Lui aussi aimait
d'une tendre prédilection la jeune châtelaine, et il disait d'elle bien souvent : Tout ce
que son cœur renferme est comme un parfum qui s'élève vers le ciel.

— Eh quoi! Ena Corisande, c'est vous à
cette heure inaccoutumée! s'écria l'ermite
lorsqu'elle entra; il y a des pleurs dans vos
yeux!

— Mon père, j'ai une grande douleur.
Le vieillard sourit.

— Douleur! dites-vous; une seule larme
c'est une douleur à seize ans.

— Oh! mon père! il s'agit de toute l'existence de ma sœur!

— Expliquez-vous, jeune dame; vous commencez à m'alarmer.

— Hier, lorsque ma sœur demandait le consentement de ma tante à un mariage qui la rendrait heureuse, elle a appris que mon père avait disposé de sa main : elle doit épouser le Connétable de Navarre.

— C'est cela, dit l'ermite avec amertume, il faut que votre sœur apporte ses biens aux Beaumonts, afin de perpétuer leur ligue contre le roi!

— Croyez-vous que l'intention de mon père eût été de contrarier les affections de Blanche?

— Qu'est-ce que les affections d'une jeune fille pour arrêter un ambitieux!... Comment est conçue la volonté de votre père? est-ce un simple désir, ou bien un ordre formel?

—Il a écrit : Ma volonté est que ma fille, la vicomtesse de Soule, épouse le comte de Lerin sous peine d'être maudite.

—Voilà bien les hommes ! *je veux* écrit sur leur pierre funèbre !

—Si, à défaut de ma sœur, j'étais devenue vicomtesse de Soule, je devrais m'unir au comte de Lerin.

— C'est une volonté positive de votre père, un projet caressé de faire comme un faisceau de factieux.

— Blanche promit à mon père de lui obéir ; mais elle n'avait que dix ans : est-elle liée ?

—Je n'examinerai pas si les droits de votre père vont aussi loin qu'il l'a cru. Mais jugez vous-même, Ena Corisande, si ces mots : *qu'elle soit maudite !* ne troubleraient pas votre sœur.

—Il n'a jamais été dans ma pensée de

braver la malédiction de mon père, mais j'espérais qu'on aurait pu interpréter sa bonté; il aurait eu pitié du désespoir de ma sœur.

—Votre père était dévoré du besoin de s'élever; il lui fallait l'appui du chef des Beaumonts; que sa fille fût victime, cela n'y faisait rien. A eux deux, ils ont brisé bien d'autres existences!

—Oh! ne parlez pas ainsi de mon noble père! Si vous saviez comme sa grande image m'est présente! Je me souviens quelle joie mêlée d'orgueil j'éprouvais lorsqu'il mettait ses mains sur ma tête, et qu'il me baisait au front! un de ses regards sévères me faisait trembler. Quand je pense à lui, je crois avoir vu Dieu sur la terre.

—Croyez-moi, le comte Bertrand n'eût point remarqué les larmes de votre sœur : après tout, qu'est-ce que l'amour? comme disent les femmes. Fut-il jamais mot plus vain ?

—Quoi! vous ne croyez pas à l'amour?

—J'y crois, Ena Corisande; c'est l'écueil où viennent se briser les grandes comme les vulgaires destinées; j'y crois comme au volcan qui ne laisse que des cendres, comme à la chose mensongère qui promet les cieux et jette dans l'abîme. Je sais ce que les passions donnent, misère, désolation, souffle empesté qui renverse et s'évanouit! Oh!.....

Le vieillard laissa tomber sa tête sur sa poitrine agitée.

Corisande était accoutumée à ces élans impétueux; après un moment de silence, elle dit :

—Comment se fait-il que l'amour soit chose légère et funeste tout à la fois?

—Suivant le cœur qui les renferme, Ena Corisande. J'ai vu les mêmes mots exciter

le sourire et la rage ; les mêmes mots, s'oublier le lendemain, et laisser un long sillon
dans toute une vie!...

Adémar tomba encore dans une amère
rêverie.

X.

DESTINÉE DE FEMME.

Corisánde se garda d'insister sur un sujet douloureux pour le vieillard ; elle lui demanda :

—Que dois-je penser du comte de Lerin ? on en parle de diverses façons.

— Ne l'avez-vous jamais vu ?

— Il n'est point venu à Mauléon depuis la mort du comte.

— Vous pouvez dire à la vicomtesse de
Soule qu'elle sera entourée de grandeurs ;
qu'elle sera la première dame de Navarre,
si elle n'en devient pas la reine ; elle verra à
ses pieds tous les courtisans de la rébellion.

— Rien que cela pour le bonheur ! mais
l'homme qui sera son époux, quel est-il ?

— Un être mauvais, répondit brusquement l'ermite, puisqu'il a bouleversé son
pays ! Puis il continua : Le comte de Lerin
est un seigneur superbe, voulant toujours
monter plus haut, ne regardant jamais en
bas ; avec de grands talens, il a l'âme aride :
isolé au milieu de ses projets orgueilleux, il
ne voit que lui ; il domine et entraîne ce qui
l'entoure, et ne s'attache à rien.

— O ma pauvre sœur !

— Ena Blanche n'est pas la femme qui
lui convient ; il eût mieux valu, malgré tout,
que vous fussiez l'aînée.

— Ce caractère m'eût été odieux! bien
plus odieux qu'à ma sœur; j'aurais vu de
plus en lui l'ennemi de François de Béarn.

— Dites le roi de Navarre, jeune dame;
vous parlez comme les Beaumonts.

— Vous savez si je désire que François-
Phébus règne sur la Navarre! Mais com-
ment lui donner le titre de roi, tant que
Louis de Beaumont lui dispute le royaume?

— Le lionceau a grandi! s'écria l'ermite
en marchant à grands pas. Attendons! le
voilà qui s'avance au cœur de la Navarre,
accompagné de sa mère.

— Est-ce que la guerre a recommencé ?
demanda Corisande.

— Non, il va comme le réparateur : sa
clémence lui fait rendre les villes; Louis de
Beaumont chancelle, il négocie; le jour de
la justice va luire!

— Que Dieu protége ce prince digne

d'amour! dit Corisande en joignant les mains avec ferveur.

— Oui, digne d'amour! reprit Adémar, digne d'un meilleur siècle, fait pour d'autres hommes!...

Il resta pensif.

—Mais Ferdinand-le-Catholique, Louis XI, le comte de Lerin le pressent!

Après une pause encore, l'ermite répondit:

— C'est pour le roi de Navarre que j'aurais voulu que vous fussiez à la place d'Ena Blanche.

— Qu'aurais-je pu faire pour lui?

— Gagner le Connétable.

—A quel prix, grand Dieu! et d'ailleurs quel empire pourrait-on prendre sur un tel homme?

— L'empire d'une femme! Ena Corisande, un jour votre toute-puissance vous sera révélée ; elle sera bienfaisante si vous le voulez, amère si vous en abusez. Oh! prenez bien garde d'accabler le cœur souffrant qui vous demanderait pitié! Si les femmes étaient douces d'âme comme de paroles et de visage, elles ne savent pas tous les maux qu'elles pourraient réparer!

— Mais le Connétable, ainsi que vous l'avez dépeint, estimerait peu une douce affection, et il serait tant au-dessus de la pitié!

— Celui-là, il faudrait lui montrer que vous êtes assez élevée pour le comprendre, et assez ferme pour lui résister.

— Se débattre avec une âme aride, comme vous l'avez dit; le dégoût me saisirait!

— Tout dégénère, dit le vieillard avec chagrin; j'ai combattu près de l'héroïque Jeanne d'Arc qui poursuivit jusqu'au bûcher sa noble tâche; Agnès Sorel, pleine de constance, donnait des leçons à Charles VII;

j'étais frère d'armes de Dunois et de La Hire;
hommes et jeunes filles, nous avions le
cœur plein d'une grande pensée : délivrance
de la patrie, fidélité au roi; et les filles des
comtes de Mauléon n'ont de souci que pour
elles-mêmes !

— Chère France! dit dame Aloyse attendrie, on en pourrait faire de beaux récits.

— Le temps présent n'en fournirait plus,
dame Aloyse. La politique de Louis XI ni-
vèle tout et flétrit tout ; on frapperait sur
tous ces cœurs de France, sans qu'il en
jaillît une étincelle.

— Non, ermite, le feu sacré ne s'y
éteint jamais; sur cette noble terre, vous
reverrez sa flamme.

L'ermite secoua la tête.

— Aux preux ont succédé Olivier le bar-
bier et Tristan le grand prevôt; quand de
petites gens sont les maîtres, ils rapetissent

tout : quand ce sont des méchans, il faut
s'enfuir. Aussi j'ai quitté cette terre dégradée.

Puis il continua :

— Au commencement des troubles de
la Navarre, et sur ces montagnes encore,
mon repos a été troublé par les cris de
guerre du fils contre le père, du sujet
contre le souverain. Oh! qu'une longue
vie apprend une triste science!

Corisande rompit sa préoccupation.

— Mon père, Jeanne avait de l'enthousiasme, d'autres aimaient; ces deux appuis
manqueraient aux filles des comtes de Mauléon.

—· Et la vertu, jeune dame! et le dévouement de soi pour un autre! qu'est-ce autre
chose que de l'enthousiasme? ce rayon divin qui colore la plus pauvre vie, et donne
des ailes pour la traverser!

— O mon père! une vie sans illusion et

sans espérance mériterait-elle qu'on voulût
vivre?

— Oui, parce qu'il n'y a pas de vie sans
devoir, ni sans occasion de dévouement.
Enthousiasme et bonté, chère fille, voilà
deux compagnes célestes.

Il poursuivit!

— Ena Corisande, j'ai grandement souffert, par ma faute et par celle des autres;
une seule pensée m'a soutenu, c'est de n'a-
voir pas été inutile. Jamais créature n'eut à
se plaindre de moi, et j'ai souvent allégé de
grandes douleurs. Si nous étions appelés à
vivre deux fois sur la terre, je suis certain
que la seconde existence serait consacrée à
autrui: chercher le bonheur pour soi, iro-
nie, découragement! on n'essaierait plus!

— Je vous comprends! s'écria la jeune
fille avec ardeur; il faut avoir des amis,
et leur donner toute son âme.

— Vous me comprendrez mieux quand vous aurez souffert : il faut être désintéressé de soi, même en aimant. Vouloir des amis, c'est travailler à son bonheur : et là il y a déception! il est des cœurs qui donnent plus qu'ils ne reçoivent : non, il faut aimer pour le seul plaisir d'aimer; sans espoir de récompense, sans désir de retour; c'est la charité, vertu divine!

Les yeux humides de larmes, Corisande dit en montrant son cœur :

— Tout ce que vous avez dit est recueilli là. Pourquoi ma sœur ne vous a-t-elle pas entendu!

— D'où vient que la vicomtesse n'a pas connu plus tôt sa destinée?

— Le comte de Lerin a voulu que les engagemens de mon père fussent cachés à Blanche, je ne sais par quel motif.

— Je devine; c'est pour être maître de

rompre, si cette alliance ne lui convient plus.

— Est-ce qu'elle pourrait ne plus lui convenir ?

— Je ne sais ; on dit qu'il intrigue auprès de Ferdinand-le-Catholique ; et que ce prince lui donnerait sa sœur Jeanne la bâtarde.

— Oh ! plût à Dieu ! si cela était, ma sœur serait sauvée !

— Ne comptez jamais sur ce que doit faire un ambitieux ; il y a un poignard caché sous le gantelet de la main qu'il vous tend ; sera-t-il ami ou ennemi ? il ne le sait pas lui-même... Y a-t-il long-temps qu'il n'a envoyé à Mauléon ?

— Tous les ans, il envoyait un de ses écuyers ; mais voilà trois ans qu'il n'en est venu.

— Que lui sont les filles orphelines de

son ami ? Mais Dieu soit loué de cette indif-
férence! elle est de bon augure.

Dame Aloyse rappela à Corisande que sa
tante serait surprise de ne pas la voir à son
lever.

Corisande dit adieu avec regret à son
vieil ami; mais elle le supplia plusieurs
fois de s'occuper des moyens de secou-
rir sa sœur.

—Depuis que vous m'avez parlé des
nouvelles vues du Connétable, je me sens
ranimée, toute prête à espérer.

— Enfant! dit l'ermite avec un faible
sourire; vous étiez au désespoir en entrant ici, et pour un mot, vous sortez
prête à vous réjouir. Prenez garde pourtant
de donner de fausses espérances à votre
sœur; dans peu de jours, je saurai quelque chose de plus certain sur les dé-
marches du comte.

Corisande, en s'éloignant, criait à Adémar :

— Adieu! adieu, ne nous oubliez pas!
priez pour nous.

Et lui la regardait descendre le sentier,
et disait :

— Jeune lis, tu n'es pas fait pour vivre dans le creux du vallon. Mais dans
quel tourbillon seras-tu emporté!...

XI.

L'ORAGE.

La vicomtesse restait des heures en-
tières, la tête penchée sur sa poitrine ; elle
se flétrissait par le poison de ses rêveries. Corisande, pour l'y arracher, l'appelait :

— Blanche, ma Blanche !

Puis se penchait vers elle, appuyait une
main caressante sur son épaule ou sur sa

tête. La vicomtesse ne semblait ni la voir
ni l'entendre; et Corisande alors n'osait lui
parler. Elle restait debout devant elle, la
regardant avec compassion, et essuyant
silencieusement une larme.

Un jour, elle lui dit :

— Chère amie, venez avec moi à l'ermitage, je suis certaine que vous puise-
rez du courage auprès d'Adémar.

— Je ne veux pas de courage.

— Il vous dira ce qu'il aura appris du
comte de Lerin.

— Corisande! vous n'avez jamais que ce
nom à la bouche!

— Si Adémar ne sait pas de consolantes
nouvelles, il vous parlera, et vous serez
ranimée. O Blanche! si vous saviez comme
près de lui l'âme s'élève!

— Je ne suis point accoutumée comme
vous à l'air inspiré de ce vieillard. Je

préfère les sages paroles de mon chapelain.

Corisande ne pouvant persuader sa sœur,
voulut au moins aller à l'ermitage sans elle.
Dame Aloyse se trouvant souffrante, s'assit
au pied de la montagne de l'ermitage,
suivant de l'œil Corisande qui gravit seule.

C'est un plaisir de jeune fille que d'aller
seule! la jeune fille alors croit être souveraine
de tout ce qu'elle voit, c'est un regard de
conquête qu'elle jette sur l'horizon. Ses pensées sont plus à elle, elle n'a pas de
témoin qui semble les épier pour les contester aussitôt. Elle va vite, ou nonchalam-
ment, suivant l'émotion qui l'anime; s'arrête
à son gré, rêve pour un son, suit avec
sympathie le vol capricieux d'un oiseau,
contemple les touffes bleues de la simple
véronique, et un peu après foule aux pieds
la petite fleur avec insouciance. Et pour-

tant l'enfant aventureuse a peur de tout.
Elle tressaille, pour le buisson où s'attache sa robe, pour le lézard qui se cache
dans la haie, pour la vache qui mugit
aux lointains pâturages. Si elle aperçoit
un inconnu, elle s'arrête épouvantée, son
âme suppliante cherche un appui.

L'ermite n'était pas dans sa cellule;
Corisande pensa le trouver dans la chapelle, elle y entra. Un homme était age-
nouillé devant l'autel; ce n'était point l'ermite : au lieu de son chef dépouillé, c'é-
tait une tête d'adolescent, des traits d'une
beauté parfaite, des cheveux blonds, qui
descendaient en boucles gracieuses sur le
cou et sur un front élevé, blanc et fier.
Par la petite fenêtre, passait un rayon de
soleil qui éclairait cette belle tête. Le jeune
homme, les mains croisées sur la poitrine,
offrait une prière fervente; à son attitude,

on sentait que son cœur battait noblement; à l'expression de son visage, on devinait que rien d'égoïste n'était dans cette
prière; que ce n'était point non plus l'aveu
d'une faute qui l'avait mis à genoux; mais
qu'il faisait un vœu héroïque, un vœu pour
des biens qu'il ne demandait pas pour lui.

Corisande s'arrêta; elle crut un moment
que les anges visitaient l'ermite; mais le
jeune homme s'étant baissé pour ramasser
sa toque, il se releva : c'était un page.
Corisande n'eut que le temps de se jeter
dans un coin obscur de la chapelle: le
jeune homme passa près d'elle sans la regarder; elle entendit le bruit de ses éperons, sur les dalles de la cellule, et bientôt après un cheval lancé au galop. Elle
sortit pour le regarder, et frémit en voyant
l'audacieux raser les bords de l'abîme. Il
disparut derrière une masse de rochers,

se montra bientôt après à leur cime, puis elle le perdit de vue entièrement.

Après avoir cherché Adémar, et l'avoir appelé dans les environs de l'ermitage, elle s'assit au dehors pour l'attendre, ne pouvant se résoudre à revenir sans avoir appris quelque chose sur le comte de Lerin. Elle savait que le solitaire n'était point étranger aux affaires du monde; il avait, disait-on, des relations avec les deux cours de France et de Navarre : on assurait que des messages secrets s'échangeaient dans sa cellule; elle l'avait toujours vu instruit le premier des évènemens de l'Espagne. Peut-être ce jeune homme était-il venu lui apprendre des nouvelles de la Navarre. Elle attendit donc; mais en vain : l'ermite ne revint pas.

XII.

LES CAGOTS.

Cependant le jour s'achevait ; Corisande, n'apercevant plus dame Aloyse, crut qu'elle s'était retirée. Elle avait entendu dire qu'un sentier fort rude, peu fréquenté, mais plus direct, ramenait de l'ermitage au château; elle voulut en essayer : il la conduisit entre deux montagnes boisées, sans bruit, sans habitans. D'abord elle

en fut charmée, c'était un aspect nouveau; puis elle s'effraya : le soleil avait
passé derrière les montagnes; c'était le
crépuscule au fond de l'étroit vallon.
Reviendrait-elle en arrière? descendrait-
elle? elle ne savait pas. Tandis qu'elle dé-
libérait, elle aperçut une chétive cabane
adossée contre un roc, comme un nid
caché; le roc protecteur la mettait à l'abri
des neiges et des vents, et l'eût dérobée
aux yeux, si la fumée, qui s'élevait du
toit entr'ouvert, ne l'eût trahie. Corisande
s'élança gaiement vers la pauvre demeure;
lorsqu'elle fut sur le seuil, une voix de
femme cria du dedans :

— N'entrez pas, nous sommes des Cagots!

Le Cagot! objet d'horreur, marqué sur
l'épaule d'une étoffe en forme de patte-
d'oie, pour être reconnu et évité à la façon des serpens, avec cette différence

qu'il se laissait écraser sans se défendre!... le Cagot, qui était tenu, sous peine
de mort, à ne pas souiller de ses pieds nus
le sol sur lequel il passait!... le Cagot, re-
jeté dans les bois pour y exercer le métier
de bûcheron, métier devenu infâme à cause
de lui!... le Cagot, qui n'avait point de part à
la tolérance de l'évangile, exclu des assemblées des chrétiens, séparé d'eux dans les églises par un mur, passant par une autre
porte, allant finir loin de tous dans un
cimetière à lui!

Les Cagots, d'où venaient-ils? ils avaient
apporté la lèpre; ils parlaient une autre
langue; leurs traits différaient de ceux des
Basques et des Béarnais qui nourrissaient
une profonde haine contre eux; ils devaient
descendre d'ennemis détestés et vaincus des
habitans de la Novempopulanie et de la
Cantabrie. On a dit que c'étaient des Sar-

I.

rasins, les débris de cette armée d'Abdérame, qui, voulant rentrer en Espagne,
trouvèrent les défilés des montagnes gar-
dés, et furent massacrés à chaque issue par
où ils voulaient s'enfuir; un petit nombre
échappa, resta caché, puis fut toléré, avec
plus de dégoût que jamais vaincu n'en put
inspirer. Etaient-ce donc là ces brillans
Maures si braves, si amoureux, si magni-
fiques! oh! dégradation (1)!

Au nom du Cagot, Corisande recula; au
lieu de demander sa route, elle allait reprendre son chemin au hasard.

La femme s'avança vers la porte, elle

(1) Je pense donc qu'ils sont descendus (les Cagots) des Sarrasins qui restèrent en Gascogne, après que Charles-Martel eut
défait Abdérame, qui, en son passage, aurait occupé toutes les
avenues des Pyrénées. On leur donna la vie en faveur de leur
conversion à la religion chrétienne, et néanmoins on conserva
tout entière en leur personne la haine de la nation sarrasinesque.

Histoire de Béarn, par P. DE MARCA.

montra le sentier par lequel Corisande était venue.

—Vous vous êtes égarée, noble dame, voilà votre route; là haut l'ermite vous servira de guide.

Corisande fut frappée de l'extérieur de cette femme : elle était jeune encore; de longues tresses tombaient sur ses épaules; ses yeux étaient noirs, grands, pleins de feu; elle montrait en parlant des dents d'une extrême blancheur qui ressortaient sur un teint olivâtre; son costume, bien que misérable, était arrangé d'une façon pittoresque; et, quoique l'expression de ses traits fût un peu sauvage, il y avait dans ses manières de la dignité et de la mélancolie.

Voyant que Corisande restait à la même place, la regardant et ne lui répondant pas, elle ajouta :

—Je ne vous trompe pas; j'ai tracé ce

sentier pour rencontrer le solitaire, parce qu'il me dit *bonjour, Janina.* C'est le seul qui ait voulu savoir mon nom, le seul qui ne m'appelle pas *femme* ou *fille du Cagot.*

Corisande tira de sa bourse un sou morsans, et le posant par terre pour ne pas la toucher, elle lui dit :

—Prenez cela.

La femme ne se baissa point pour ramasser l'argent.

—Grand merci, noble dame; reprenez vos dons, il ne faut point de richesses dans cette demeure; l'or ne rachète pas le mépris.

Dans ce moment, l'attention de la jeune châtelaine et de la femme du Cagot fut attirée par des cris perçans; bientôt elles virent paraître un petit garçon de sept ou huit ans qui se plaignait avec douleur.

—Yvain! mon enfant! s'écria Janina en s'élançant vers lui.

Elle le reçut dans ses bras au bas du rocher; il était pâle, couvert de sang, une
flèche lui perçait l'épaule.

—Que t'ont-ils fait? s'écria-t-elle d'un ton
terrible.

—Un archer du château m'a frappé de sa
flèche, dit l'enfant d'une voix défaillante.
Ma mère! je me meurs; et il tomba évanoui.

Janina le posa à terre, et croisant ses bras,
elle le regarda d'un air hagard, avec des
mouvemens convulsifs; puis elle dit d'une
voix sombre :

—Tu n'as pas vécu long-temps, Yvain, tu
n'auras pas connu l'injure, la flétrissure, les
angoisses du cœur; ils ont soldé ton compte
en une fois.

— Il n'est peut-être pas mort, dit Corisande d'une voix compatissante.

— Et pourquoi ne voulez-vous pas qu'il
soit mort? je ne le pleure pas! non; mais

grand Dieu! tu n'es pas comme les puissans de la terre, tu entendras le cri de la justice! que ma malédiction tombe sur le meurtrier de mon fils! qu'il soit torturé dans le cœur de ses enfans! que sa fille le couvre de honte! que ses fils périssent d'une mort affreuse! qu'il vive long-temps, lui! isolé dans sa vieillesse, seul, au moment de la mort!

Pendant que la voix de Janina s'élevait au-dessus du torrent, comme pour porter vers le ciel son cri d'accusation; Corisande, saisie d'horreur et de pitié, lui dit, d'une voix pleine d'émotion :

— Apaise-toi, mère désolée, ton fils vit encore.

Janina se tut subitement; toute son âme passa dans ses yeux, pour consulter alternativement la figure inanimée de son fils et les traits consolateurs de Corisande.

— J'ai cru sentir son cœur, répéta celle-ci.

— Non, il ne me sera pas rendu! dit Janina d'une voix faible et déchirante; je ne le verrai plus, l'enfant de mon amour, l'ornement de ces déserts, ma seule joie dans la vie! il ne viendra plus me faire sourire au milieu de mes misères!

Yvain fit un léger soupir.

Elle se tut encore; n'osant respirer, elle retint son haleine; son regard dévorait son enfant; tout son sang refoulait dans son cœur.

— Ne pourriez-vous pas lui donner un breuvage pour le ranimer? demanda Corisande.

— Je n'ai rien, dit-elle avec un mouvement de désespoir, oh! que je suis pauvre!

— Allez chercher l'eau de la source, dit Corisande avec douceur; celui qui sut la

tirer du rocher lui donnera une vertu pour
votre fils.

Janina courut vers la source : pendant ce
temps, Corisande dépouillait l'épaule de l'enfant ; se servant des connaissances en chi-
rurgie qui étaient familières aux dames de
ce temps, elle parvint à enlever la flèche.

— Voyez, dit-elle à Janina qui était de
retour, l'os n'est point touché ; cette plaie
n'est point dangereuse ; l'enfant est seulement épuisé par le sang qu'il a perdu.

Un coup d'œil suffit à Janina pour s'en
assurer ; aussi habile que Corisande pour
traiter les blessures, elle reprit toute son
énergie avec l'espérance ; dans un instant
elle sut trouver les herbes bienfaisantes qui
étaient nécessaires ; elle en exprima le suc ,
tandis que Corisande employait son mou-
choir et son voile pour faire des bandages.

Quand cela fut fini, elles transportèrent

l'enfant dans la cabane : Corisande oublia les préjugés, elle entra avec empressement dans ce lieu qu'elle avait fui avec dégoût quelques minutes avant. La couche du petit Yvain était froide et dure, Corisande détacha sa mante pour l'en envelopper, et arrêter les grelottemens de la fièvre ; alors Janina tendit les bras vers elle avec un mouvement passionné, puis, saisissant le bas de sa robe, elle la baisa avec ardeur.

— Que toutes les félicités se réunissent sur votre tête, ange du ciel ! s'écria-t-elle ; vous avez soigné mon fils, vous l'avez couvert de vos vêtemens, vous êtes entrée chez les Cagots ! je ne puis rien, je ne suis rien, mais le cœur de Janina est à vous !

Corisande touchée lui fit signe de se relever sans pouvoir parler.

Dans ce moment, deux hommes parurent à la porte : le premier portait la mar-

que jaune des Cagots, son teint avait la même
teinte bronzée que celui de Janina, mais
ses traits n'avaient ni la même noblesse ni
la même régularité; ses yeux timides étaient
baissés, comme pour éviter les regards;
son front incliné exprimait la crainte et
la bassesse.

Le Cagot dit à l'homme qui le suivait :

—Seigneur, comme je vous l'ai dit, vous
êtes avec des Cagots.

— Que me fait cela? répondit le voyageur.
Il vit Corisande penchée sur la couchette
d'Yvain. Quelle est cette demoiselle?

— C'est, répondit le Cagot étonné, comme
s'il voyait un autre monde, c'est Ena Corisande, la fille de notre seigneur !

Le voyageur ôta sa toque pour la saluer, des boucles blondes se déroulèrent;
Corisande reconnut le damoisel de l'ermitage : était-ce donc parce qu'il était si

remarquablement beau, qu'elle fut intimidée? était-ce que l'air de ce jeune homme
était imposant malgré la simplicité de son
costume?

—Arramon, s'écria Janina en parlant au
Cagot, vois notre fils : il est blessé par les
hommes du château; c'est Ena Corisande
qui a lavé sa plaie; c'est elle qui l'a porté
sur son lit, elle qui l'a couvert avec sa mante!
oh! mets-toi à genoux devant elle! Et Janina
se précipita de nouveau avec exaltation
aux pieds de Corisande, en entraînant son
mari; tandis qu'Arramon regardait d'un
air effaré, tantôt son fils, et puis la fille du
comte, ne pouvant les associer ensemble
dans sa pensée.

— Relevez-vous, dit sévèrement Corisande, mécontente d'une scène qui la
mettait en évidence.

Le jeune homme regardait ce groupe,

et paraissait attentif à examiner la demeure
des Cagots.

Arramon, revenu de son trouble, dit à
sa femme :

— Et voici un jeune seigneur que j'ai
eu le bonheur de sauver, comme il allait
rouler avec son cheval du haut de la montagne.

— Grand Dieu ! s'écria Corisande, n'a-
t-il pas de mal ?

La voix de la jeune dame était de la plus
grande douceur; si elle disait des mots in-
différens, on l'écoutait avec plaisir, comme
une mélodie; mais lorsqu'elle y joignait
de l'émotion, on était remué jusqu'au fond
de l'âme. Ces simples paroles firent tressaillir l'étranger; elles amenèrent sur Corisande toute son attention, qui, jusque là,
avait été donnée plus particulièrement aux
hôtes étranges qui le recevaient.

— Je vous rends grâce, madame, je n'ai d'autre mal, dit-il, que la perte de mon cheval favori; il s'est horriblement fracassé sur les rocs.

— Un cheval de guerre est presque un ami; vous devez le regretter.

Le jeune homme reprit en souriant:

— Hélas! mon cheval n'a connu, comme moi, d'autres périls ni d'autre gloire que la chasse à l'ours et au sanglier.

Il y eut un peu de silence, pendant lequel Corisande semblait se consulter; enfin elle dit, avec une grâce noble et timide:

— Messire, vous ne pouvez passer la nuit dans cette chaumière; je vous engage, au nom de ma tante et de ma sœur, à venir au château de Mauléon: voulez-vous m'accompagner?

— Je serai volontiers votre écuyer, répondit le jeune homme en s'inclinant.

Arramon, le Cagot, alluma une branche
de sapin pour les guider; la nuit était
tombée; Janina alla regarder à la porte;
elle s'écria avec anxiété:

— Le brouillard est épais, Éna Corisande n'a point de voile, point de mante,
parce qu'elle a tout donné à mon fils,
elle va avoir froid!

Le jeune homme regarda Corisande avec
un profond intérêt.

— Je n'ai plus de manteau, dit-il; il
est allé avec mon cheval; c'est à peine si
j'ose vous offrir ma toque; mais votre
tête est nue, et la nuit est fraîche.

Corisande se recula en disant:

— Non!

Le page cherchait des yeux et de la
pensée quelque abri contre la brume; il
étendait machinalement les bras au-dessus
de cette tête gracieuse, pour la garantir.

— Nous sommes encore au mois d'août,
dit Corisande, la nuit ne peut être mal-
saine.

Et détachant, en riant, ses longs cheveux, elle enveloppa son cou de leurs ondes
épaisses, comme d'un voile : elle ne se dou-
tait pas combien elle se rendait jolie : le page
resta occupé à la regarder, tandis qu'Arramon, immobile, l'éclairait de sa torche rou-
geâtre, attendant l'ordre du départ.

— Allons, dit Corisande.

XIII.

QUI EST-IL?

L'étranger la pria de s'appuyer sur son bras, parce que le sentier était malaisé; et Arramon marchait en avant.

Ils parlèrent de la route escarpée, de l'obscurité de la nuit, puis des Cagots; l'étranger faisait beaucoup de questions sur eux.

—Quoi! dit Corisande, vous ne connaissez pas les Cagots?

— Pas avec détails.

— N'êtes-vous pas de ce pays? ou n'y en a-t-il pas dans le vôtre?

— Je n'ai jamais été en situation de les voir de près. Mais vous, madame, partagez-vous l'opinion qui les repousse?

— Oh! ce sont des gens maudits, répondit Corisande avec horreur.

—Comment alors vous ai-je trouvée parmi eux?

— Le hasard m'y a conduite, et la compassion m'y a retenue.

— C'est une bonté bien vraie que celle qui fait surmonter un tel dégoût!

— Qui n'aurait fait comme moi? répondit-elle avec émotion. L'enfant se mourait, et la mère était abîmée de douleur.

— Moi, je n'y aurais pas eu de mérite; car je ne puis comprendre encore tant d'aversion pour des êtres qui ne font pas de mal et qui ne sont que malheureux.

Corisande regarda le jeune homme avec surprise ; c'était la première fois que l'on ne jugeait pas devant elle les Cagots avec les idées reçues ; elle entrevit un esprit éclairé et une âme bonne.

— Ce que vous dites là me frappe, reprit-elle ; je commence à croire que j'ai eu tort de m'abandonner sans examen à l'impression générale ; ce sont des êtres bien souffrants que l'on accable, sans même imaginer un remords.

— Qu'importe, reprit le jeune homme, que votre esprit soit prévenu, si votre cœur vous guide pour les soulager ! Permettez, madame, que je vous demande encore comment vous vous êtes trouvée, seule, à cette heure, parmi de telles gens ?

— Cela paraît étrange, reprit-elle en souriant. J'étais allée à l'ermitage de la Croix ;

au retour j'ai pris une fausse route qui m'a
conduite chez les Cagots.

— Est-ce que vous connaissez le solitaire
Adémar? demanda le page avec empressement.

—C'est l'ami de mon enfance; un guide,
un père que le ciel m'a donné!

— C'est singulier, dit l'étranger se parlant
à lui-même.

— Vous le connaissez aussi? demanda
Corisande.

—Oui, répondit-il; et ce qui me surprend,
c'est qu'en parlant de Mauléon, il m'ait
laissé ignorer que ses tours renfermassent
un objet plus intéressant que le souvenir du
comte rebelle.

—Messire! dit Corisande en dégageant
son bras, le comte Bertrand était mon
père!

—Pardon, madame; je devrais me rappe-

ler de qui vous étiez fille, et croire que vous
applaudiriez aux œuvres des Beaumonts.

— On ne peut blâmer mon père; il eut
des motifs pour prendre les armes en faveur
de don Carlos, mais les temps sont changés.

— Voudriez-vous dire que vous ne trouvez plus la cause des Beaumonts aussi juste?

— Non certes, aujourd'hui elle n'est pas
juste.

— Serait-il vrai que vous ne fussiez pas
contraire au parti royaliste?

— Tous mes vœux, je ne m'en cache pas,
sont pour François de Béarn.

— Si vous désarmiez vos vassaux de Navarre, l'exemple serait entraînant, madame.

— Ce n'est pas moi que cela regarde; c'est
ma sœur aînée, la vicomtesse de Soule, qui
disposera des hommes d'armes de Mauléon;
moi, je n'ai que des vœux pour le roi.

— C'est beaucoup, c'est beaucoup! ré-

pliqua vivement le jeune homme ; le ciel et
les hommes doivent être pour la cause qui
vous intéresse.

Ils arrivaient près du château. Dès que le
soldat de garde eut reconnu la voix de Corisande, il en donna avis. Tout était en émoi
à Mauléon. Dame Aloyse, surprise de ne pas
revoir Corisande, était montée à l'ermitage ;
ne l'y ayant pas trouvée, elle était retournée
faire partager son inquiétude au château. Isabelle avait envoyé dans tous les environs à
la recherche de l'imprudente jeune dame ;
elle accourut elle-même, dès qu'on lui eut
dit qu'elle était là.

— J'avais cru, dit le jeune homme, que
ce serait une vraie journée de paladin ; mais
il ne s'est rencontré ni Maure, ni mécréant,
pour vous disputer à moi, et me faire gagner mes éperons ; mon court voyage va finir,
sans qu'il m'en reste rien que des regrets.

Il y avait un peu de tristesse au fond de cet air de plaisanterie : les nobles et faciles manières du page étonnaient Corisande ; elle ne savait pas pourquoi, malgré sa courtoisie, il était sur un pied d'égalité, ni pourquoi il prenait de l'avantage sur elle. Elle essaya de répondre sur le même ton :

— Toutefois, vous en avez assez fait pour trouver un gîte dans ce manoir.

L'étranger regarda les tours de Mauléon, ses profonds fossés, et se mit à sourire.

— Là peut-être, dit-il, je trouverais de véritables aventures ; Dieu sait pourtant que je les braverais sur votre foi, aimable châtelaine, si l'on ne m'attendait ailleurs.

Corisande, blessée de l'air dont il avait regardé le château, répondit froidement :

— Je ne crois pas que l'hospitalité de ce château ait un mauvais renom.

Puis, se radoucissant jusqu'à la sensibilité, elle ajouta :

—De quelque parti qu'il soit, un homme loyal ou malheureux sera toujours bien accueilli là.

— Honni soit qui dirait à présent le contraire! s'écria le jeune homme avec chaleur.

Puis, il s'inclina devant elle pour prendre congé ; et ordonnant à Arramon de l'éclairer, il la quitta.

Corisande resta à la même place, le regardant s'éloigner. Elle se demandait : Où va-t-il à cette heure? chez les Cagots? impossible. A l'ermitage? la natte de l'ermite est bien mauvaise. Pourquoi n'est-il pas entré? il est du parti du roi, il n'a pas eu de confiance! cette pensée lui était pénible. Elle se disait encore : Il parle le béarnais de la cour de Pau, mais il a dans toute sa personne l'assurance qu'Aloyse attribue aux Français. Qui est-il ?

Corisande oubliait que le pont-levis était baissé, et que sa tante l'attendait dans la cour; la voix de sa sœur la rappela à elle.

XIV.

LE PÈLERINAGE.

A quelques jours de là, madame Isabelle fit appeler ses nièces dans son oratoire; elles la trouvèrent animée comme quand on vient de prendre une grande résolution.

— Belles nièces, leur dit-elle, j'étais ici au pied de l'image de la bienheureuse Marie, pleurant sur une de vous qui me déchire l'âme par son opiniâtre douleur; une idée

venue du ciel m'a consolée. J'ai fait vœu de
vous mener en pèlerinage à la fête de Notre-
Dame Marie de Betarram; ce que la sagesse des hommes n'a pu faire, je l'attends
du secours divin. Marie aura pitié d'un
jeune cœur malade; elle lui donnera la lumière qui éclaire, la force qui aide. Nous
partirons le 5 septembre pour être arrivées
le 8, jour de la solennité, et c'est dans dix
jours que nous partons.

Blanche pressa la main de sa tante sur
son cœur, et la couvrit de baisers.

— Ma noble tante, vous devriez être
lasse de ma tristesse, mais votre affection
est sans bornes! Ce pèlerinage me donne
de l'espoir; je ne sais pas s'il est au pouvoir de Marie de me guérir, mais elle
accordera une consolation quelconque à
mes maux.

Corisande embrassait sa tante et puis

sa sœur avec la vivacité d'une enfant aimée.

— Le ciel vous inspire, ô la meilleure des mères! et je vous avoue que pour mon compte je suis charmée de quitter pour quelques jours les terres de Soule.

Madame Isabelle reprit:

— Je vais faire écrire au comte de Carmaing, seigneur de Coaraze, qui nous obtiendra du prince de Béarn un sauf-conduit pour traverser sa province; il pourrait vouloir se venger sur nous des embarras que lui a donnés mon frère. Le comte de Carmaing, quoique Béarnais, était lié avec le comte Bertrand, et continue quelques relations secrètes avec les Beaumonts: je puis me fier à lui (1).

(1) Le comte de Carmaing, seigneur de Coaraze, se joignit plus tard aux rebelles sous le règne de Catherine, sœur de François-Phébus. Convaincu de haute trahison, ses terres furent

—Irons-nous à Pau ? Oh ! que je voudrais voir François-Phébus ! s'écria Corisande.

— J'espère que vous m'épargnerez ce chagrin ; je vous prie de n'en plus parler, ma nièce ; c'est déjà trop que de passer sur ses terres.

— Ma tante, d'où vient tant d'aversion pour ce jeune prince ? le comte de Lerin lui-même est en pourparler avec lui : on s'entretient de la soumission de la Navarre.

— Je n'en crois rien, reprit sèchement madame Isabelle.

Les préparatifs du pèlerinage donnèrent un nouvel aspect à l'imposante demeure des vicomtes de Soule. Madame Isabelle, un peu émue d'entreprendre un voyage à travers les États d'un prince ir-

confisquées, son château brûlé ; une seule tour échappa à l'incendie : elle subsiste encore.

rité, se demandait s'il ne se vengerait
pas, en saisissant pour ôtage l'héritière
du comte de Mauléon : non seulement elle
craignait François, mais encore les vindic-
tes de la populace béarnaise, ou les em-
bûches de quelques châtelains ; et, dans
son trouble, elle ne trouvait confiance
que dans l'appui de Marie et la pureté
de ses intentions. La vicomtesse sortait
de son apathie; des idées nouvelles rem-
plaçaient celles qui la dominaient depuis plus d'un mois. Corisande, légère et
vive, était partout; près de sa tante, écou-
tant l'itinéraire qu'on devait suivre, ques-
tionnant sur les lieux qu'elle devait voir;
dans les cours, où les écuyers fourbis-
saient les armes, où les valets préparaient
les litières et donnaient un nouveau lustre aux écussons; elle caressait son pale-
froi, et revenait se mettre à genoux de-

vant l'autel de Marie pour commencer ses dévotions de pèlerine.

Il arriva une réponse du comte de Carmaing avec un homme d'armes de la cour de Béarn. François avait plus fait que de donner la permission la plus étendue et la plus gracieuse; il envoyait un de ses officiers pour protéger les dames de Mauléon pendant leur route, et les conduire au château de Pau, où des appartemens leur étaient destinés.

— Acceptez-vous, ma tante? demanda Corisande.

— Non. Je suis touchée des loyales façons du prince de Béarn; mais il faudrait l'aimer, et ne pas faire de vœux contre sa fortune, pour accepter l'hospitalité chez lui.

Le 5 septembre, une heure après le lever du soleil, madame Isabelle et ses

nièces étaient sur le grand perron; on sonna
le boute-selle. Madame Isabelle entra dans
une litière, avec une de ses femmes ; Blanche et Corisande 'préférèrent chevaucher ;
leurs litières suivraient.

Voici l'ordre de la marche.

Manech, qui avait accompagné le comte
Bertrand dans ses guerres, portait encore
le vieil étendard de Mauléon, déchiré en
combattant les Maures, taché en combattant son souverain. Il était suivi de
quatre archers basques; puis venaient les
jeunes dames, montées sur des chevaux navarrais, dont les pieds effleuraient légèrement
les routes rocailleuses ; elles étaient accom-
pagnées de dame Aloyse et de l'écuyer Odon.
Les litières suivaient, appuyées sur de forts
mulets d'Espagne ; le bon vieux père Isidro
s'arrangeait sur une mule paisible, de manière à pouvoir causer avec madame Isa-

belle, et le sénéchal se tenait prêt à recevoir ses ordres. Douze hommes armés, soit
Basques ou Navarrais, fermaient la marche :
l'officier béarnais allait en avant ou sur
les flancs de la petite troupe, selon son
bon plaisir.

Le cortége défila dans la ville de Mauléon, aux cris de : Dieu protège les nobles
dames et bénisse leur voyage ! Tant qu'elles
furent dans la vicomté de Soule, Blanche et
Corisande se donnèrent le plaisir de galo-
per en avant, tantôt sur une hauteur pour
jouir du point de vue, tantôt dans la profondeur du val. Là, elles arrêtaient leurs chevaux, prêtant l'oreille à la petite source fugi-
tive qui se cachait, ou à la cloche d'une chapelle dédiée à saint Hubert, patron des
chasseurs ; puis, elles retournaient près de
leur tante lui redire leurs heureuses rencontres, ou leurs aventures d'enfans ; la

bonne tante souriait , et disait à l'aumônier :

— Ne trouvez-vous pas que mon pèlerinage a déjà du succès ?

XV.

ORTHEZ.

Mais, en entrant en Béarn, les jeunes dames n'osèrent plus s'éloigner.

Elles arrivèrent, qu'il était déjà tard, à
Orthez, ville aux jolies femmes, qui baigne
ses pieds aux flots d'azur du Gave; autrefois la capitale du Béarn; le séjour de l'aimable et grand Gaston X, aussi surnommé
Phébus. Il tenait là *plus joyeuse cour,*

que oncques vis jamais : dit Froissart. La lune éclairait le château de Moncade, *le château noble*, comme on l'appelait, et qui avait aussi excité l'admiration du bon Froissart. La petite chouette des masures volait presque sur la tête ; quand ils passèrent sous la porte voûtée, elles semblaient dire à l'oreille de sinistres avertissemens, avec leurs voix basses et mystérieuses. Tandis que le hibou aux ailes jaunes jetait son cri de jeune chat du haut du clocher des Dominicains.

Odon montra une des tours du château.

— L'orfraie doit s'ébattre là, dit-il.

— Pourquoi ? demanda Corisande.

— Il s'y est passé une piteuse histoire. Il y a bien long-temps ; il y a cent ans bientôt.

— Racontez-la, dit la vicomtesse.

— Je la sais de mon grand-père, qui était tout jeune en ce temps-là. Le Béarn avait pour vicomte Gaston Phébus, qui a joui d'une grande renommée. Il fut en guerre avec le comte d'Armagnac ; et comme la guerre les ennuyait, ils avisèrent à la faire finir. Le comte d'Armagnac avait une fille si belle, qu'on l'appelait *la gaie Armagnaise*. Gaston Phébus avait un fils, nommé Gaston comme lui, et tout semblable à lui de cœur et de figure. On résolut de marier ensemble les deux jeunes gens. Avant les noces, le prince voulut aller voir en Navarre sa mère, Agnez de Navarre, sœur de Charles-le-Mauvais, qui fut bien nommé ! Je ne sais si Agnez n'était pas meilleure, et qu'elle eût donné des chagrins à son mari, Gaston-Phébus, ou que lui-même eût mené, comme on l'a dit, trop joyeuse vie; ils s'étaient séparés, et Agnez s'en était retournée en Navarre, près du roi son frère.

Le roi Charles fit grand accueil à son neveu; il le garda dix jours, lui fit au dé-

part de beaux présens, entre autres, une
poudre qu'il lui suffirait de mêler aux ali-
mens de son père, pour rendre au vicomte
de Béarn l'amour qu'il n'avait plus, depuis
bien des années, pour Agnez. C'était chose
possible, et rien ne pouvait plus réjouir le
jeune prince. Mais, bien loin de là, c'était du
poison que l'oncle scélérat avait donné. On le
découvrit, avant que le jeune Gaston en
eût fait usage; il raconta, avec grande douleur, toute la vérité; néanmoins, on le jeta
dans les basses-fosses de la tour, celle que
vous voyez là-bas, plus haute et plus isolée.

Le père, saisi d'horreur, assembla les
États et demanda vengeance; les États re-
fusèrent la mort du jeune prince, disant:
Nous ne voulons pas que votre héritier
meure. Alors, on vint dire au vicomte, que
son fils se roulait dans son cachot, ne voulant pas manger, et voulant mourir. Gaston

Phébus, ayant ouï cela, en eut grand'pitié, et descendit à la tour pour le consoler.
Mais qu'arriva-t-il ? Le vicomte avait un couteau à la main ; était-ce pour se défendre,
ne se fiant pas à son fils ? toucha-t-il le jeune prince sans le vouloir ? celui-ci s'est-il précipité sur la lame ? on ne sait... Mais il fut
blessé ; et, peu de jours après, il mourut...
Ce fut un grand deuil ! Le père se vêtit de noir, toute la cour aussi ; ce ne furent plus
ni chasses, ni mélodies ; tout resta morne.
Le pays pleura long-temps le jeune Gaston ;
et dix ans après, disait mon grand-père, on
n'osait parler d'une si dolente aventure.

XVI.

ARTHEZ.

Les diligentes pèlerines se levèrent avec le soleil et quittèrent Orthez aussitôt, sans que madame Isabelle leur eût permis de visiter la demeure déjà délabrée du grand Gaston, ni le caveau des Cordeliers où l'on voyait son tombeau.

— Mais, ma tante, lui disait Corisande, pensez donc qu'alors il n'y avait ni Beau-

monts, ni Grammonts, et que le souvenir
de Gaston nous est inoffensif.

— C'était, répondait madame Isabelle
avec la déraison de l'esprit de parti, un prince
de Béarn de la maison de Foix, et il avait
le surnom de Phébus comme celui-ci !

En passant devant la tour où fut tenue
recluse l'infortunée Blanche de Castille,
madame Isabelle, la tête hors de la litière,
le bras tendu, la désigna à Corisande.

— Comment justifierez-vous cela, ma
nièce ? Éléonore de Foix, la grand'mère de
François, n'a-t-elle pas fait empoisonner ici
sa propre sœur pour lui ravir la Navarre ?
Et c'est ainsi que sont fondés les droits du
prince de Béarn !

— Oh ! ma tante ! rien n'est moins prouvé
que ce crime ; les Beaumonts seuls le disent.

Madame Isabelle jeta sur Corisande un
regard aussi surpris qu'irrité.

— Dans tous les cas, reprit doucement
Corisande, François est pur de cette accusation.

— Mais il est de cette race! s'écria madame Isabelle avec haine; mais il a de leur
sang au cœur!

— C'est bien injuste! pensa la jeune fille.
Et elle sentit s'accroître son dévouement
pour le prétendant à la Navarre.

Les jeunes dames chevauchaient, le cœur
égayé par la beauté de la matinée, raccour-
cissant les heures par les récits du Béarnais
sur les chroniques des châteaux, ou les légendes des églises et des fontaines.

— Quel est, demanda Blanche, sur la li-
gne bleue des collines, à gauche, ce manoir
aux donjons rougeâtres?

— C'est Arthez, la seigneurie des sires
d'Andoins.

Blanche arrêta court son cheval, et le cou

en avant, elle tenait les yeux fixés sur le
château qui se dessinait irrégulier dans les
découpures du brouillard.

C'était là qu'était Joan! là! peut-être, tout
pensif, accoudé sur un pierrier, il avait le
regard tourné vers la route! C'est de ce
lieu qu'elle eût voulu être dame, et recevoir
le trousseau de clefs de la châtelaine! C'est à
la bourgade dépendante du château qu'elle
bornait son ambition.

—O Marie, reine des mers! Marie, amour
des vierges, soyez-moi en aide! je vous ferai sculpter une statue pour la chapelle
d'Arthez, je l'habillerai moi-même, je lui
donnerai des joyaux à toutes vos fêtes, et
le samedi, jour qui vous est dédié, et qui
pour cela ne se passe jamais sans un rayon
de soleil.

Ayant prié ainsi, le cœur plein de joie,
elle rejoignit les pèlerins de Mauléon.

La route suivait la lisière d'une forêt, gracieuse sous les vifs rayons du matin; des masses de lumière arrivaient obliquement entre les tiges élancées des hêtres, sous le dôme des chênes, à travers le feuillage tremblant de l'érable, pour éclairer les fougères et les mousses avec leurs perles de rosée.

C'étaient ébats et douces rumeurs parmi les oiseaux et les écureuils, les reines vertes, et les lézards bariolés; la couleuvre sans venin aspirait indolemment le soleil, et la cigale agitait déjà son corselet pour annoncer la chaleur.

Peu à peu la fête de la forêt fut interrompue par un bruit de chasse qni se rapprochait toujours. D'abord, ce furent les chiens courans aux longues oreilles, avec leurs clameurs mélancoliques suivies de leurs aboiemens d'impatience, et leurs grandes gorges jetant comme des fanfares de triom-

phe; puis, les piqueurs et leur trompe, et
leurs cris de rappel, et un cavalier galopant
dans une clairière, l'épieu reluisant à la main.

Les voyageurs s'étaient arrêtés : qui aurait pu passer sans sympathiser avec la
chasse?

— Ami, dit l'officier de François Phébus
au pâtre, qui gardait les pourceaux sous
les chênes dont les glands se détachaient,
l'appelant par ce nom bienveillant suivant
l'usage du pays; ami, à qui appartient cette
chasse?

— A monseigneur le baron d'Andoins, et
c'est lui qui vient de passer.

— Lui! s'écria la jeune vicomtesse.

Et puis dans son cœur :

— O bonne mère des hommes, c'est vous
qui me l'avez envoyé? Corisande! Joan sera
mon seigneur et mari, je le crois, comme je
crois à Notre-Dame de Sarrance.

Le cavalier ne paraissait plus: Blanche et sa sœur le cherchaient encore.

— J'aurais voulu le voir de près, dit Corisande.

— Oh! ceci est une sainte vision, dit Blanche avec enthousiasme.

XVII.

PAU.

Les châtelaines avançaient vers Pau paisiblement ; les gens du pays étaient contenus par l'officier, et peut-être l'étaient-ils encore mieux par l'esprit chevaleresque, populaire dans ces contrées ; c'est pour eux un besoin de regarder et de servir les dames. Le père Isidro montra à ses élèves la ville de Lescar, dont la cathédrale servait de sépulture aux princes de Béarn ; puis il leur dit :

— Vous avez devant et autour de vous, Sciros, Athos, Laos, Gelos, Bysanos, Odos, Balyros, noms grecs et harmonieux. D'où viennent-ils ? ne seraient-ce pas des colonies grecques qui ont porté sur cette terre les souvenirs de la patrie, avec l'urbanité, l'indépendance, et la mobilité de leur caractère?

Tout annonçait l'approche de la résidence du souverain ; les routes étaient couvertes de seigneurs avec leurs équipages de chasse, de ménétriers, de jongleurs, de marchands colporteurs, d'hommes à la mine suspecte et aventurière qui vont où il y a foule et argent, comme les chiens à la curée. De pauvres chevaliers, autres chercheurs d'aventures avec leur armure usée, les uns revenant de Bourgogne et de Flandre, bon pays pour bien vivre et se bien battre : d'autres venant d'auprès Ferdinand et Isabelle à qui ils avaient prêté quelques coups d'épée contre le roi de Grenade; puis, c'étaient des bacheliers errans depuis la mort de leur patron, le bon roi René, arrivant de Toulouse la fleurie, où ils avaient vu les jeux de Clémence Isaure; bercés de pensées poétiques, ils allaient sans rien voir, se livrant à leur mule, comme des aveugles qui se laissent conduire; c'étaient encore des dames quittant leurs tourelles, pour voir la merveille de ces lieux, François Phébus; le faucon sur le poing, elles s'avançaient suivies d'un valet portant en croupe leur chambrière.

Ces divers voyageurs entrèrent avec les dames de Mauléon dans la ville de Pau. Pau nouvellement bâti, tout riant, tout propre, original avec ses toits d'ardoises en pavillons comme des châteaux, point tortueux ni enfumé, comme ces vieilles villes de Gascogne, bâties pour se cacher le soleil et égorger l'ennemi pied-à-pied. Il n'y avait

pas grand temps que Pau n'était qu'un ren-
dez-vous de chasse pour les princes de Béarn.
Gaston Phébus fit bâtir le château; et François Phébus, à peine majeur, le faisait ache-
ver, se pressant comme s'il avait mesuré sa vie.

La marche des pèlerines fut un peu gé-
née dans les rues; on s'arrêtait pour les regarder curieusement, s'ébahissant de leur
beauté, se demandant d'où elles venaient;
et sans les soins de l'homme d'armes du
château, des rixes se seraient élevées entre
les Basques de leur suite et la populace.
Basques et Béarnais aiment encore à se mesurer comme gens jaloux qui s'estiment;
alors ils se haïssaient. Madame Isabelle alla
se loger dans une hôtellerie; et le comte
de Carmaing, qui était venu la saluer,
fut chargé par elle de témoigner sa gra-
titude au prince pour la protection qu'il
avait accordée à son pèlerinage; il devait

colorer, le mieux possible, le refus qu'elle
faisait de s'arrêter au château.

De sa croisée, Corisande regardait, sans
se lasser, le pittoresque monument. C'était
là qu'habitait le héros de sa jeune imagination, *le chevalier de ses pensées.* D'ailleurs
la structure fantasque du château occupait
l'âme. Une façade régulière charme d'a-
bord le regard; tout est harmonie : c'est
une seule, une grande pensée, mais vite
comprise. Au contraire, il y a dans l'ar-
chitecture féodale, du caprice, du mystère,
plusieurs volontés, grand nombre d'idées :
ce sont des tourelles arrondies, des tours
carrées, des flèches, un donjon tronqué,
des galeries, des fenêtres en croix, des
ogives, de petites colonnes en faisceau,
d'énormes piliers, des figures sculptées ;
les créneaux menaçans, les pierriers et
machecoulis traîtres ; tout cela fait en plu-

sieurs temps, par diverses personnes, tout
cela réuni, vu l'un après l'autre : il y a du
roman, du drame, de l'histoire, vous vous
le racontez à vous-même.

Enfin, le troisième jour de marche, le
dernier du voyage, les dames de Mauléon
côtoyèrent les bords du Gave, de Pau à
Bétarram. Ils n'étaient pas égayés, comme
aujourd'hui, par d'innombrables villages et
par de riches moissons ; c'étaient quelques
châteaux, entre autres Coaraze ; un ou
deux couvens, des chapelles, et puis des
prairies, des bois et le ciel. Ailleurs ce
ne serait que du bleu et du vert ; mais le
soleil du midi, ce grand magicien, donnait
à ces deux couleurs des teintes ineffables ;
puis il étendait son pinceau sur l'amphi-
théâtre des Pyrénées ; là, il se jouait dans
sa magnificence ; les neiges étaient roses,
lilas, ou purpurines ; une gaze d'or sem-

blait jetée sur la scène, et le soleil à mesure qu'il déclinait, agitait son prisme. Oh !
c'est un des accidens de la vie, que la
contrée que l'on habite, et le soleil qui
l'éclaire ! il y a des rapports entre nous
et la nature qui nous environne: nés ailleurs, nous aurions été autrement.

Il était de bonne heure lorsque les pèlerines arrivèrent au village de Lestelle, au
pied du calvaire de Bétarram.

XVIII.

BÉTARRAM.

Bétarram, c'est, dit-on, le nom d'une vallée du Jourdain. Gaston IV, à son retour de la Palestine où il brilla comme le compagnon et l'émule de Tancrède, voulut perpétuer le souvenir de son expédition en Terre-Sainte; trouvant que la montagne de Bétarram avait de la ressemblance avec celle du Calvaire, il éleva de distance en distance des chapelles représentant les stations du Sauveur, et au sommet il planta trois croix.

Cependant, bien long-temps avant Gaston IV, Bétarram avait un autel dédié à la Vierge, et c'est une autre étymologie du nom de Bétarram.

Une jeune fille des montagnes tomba dans le Gave : le torrent l'emportait à travers les rocs de granit, et l'écume blanche bouillonnait au-dessus de ses cheveux noirs ; elle allait périr, lorsqu'elle fit un vœu à Marie ; aussitôt un rameau flotta vers elle, elle le saisit, il la ramena doucement au rivage. La jeune fille agenouillée remercia Marie, et lui offrit son *bet arram*, beau rameau, et depuis lors Notre-Dame de Bétarram devint célèbre.

Pendant la nuit qui suivit l'arrivée des dames de Mauléon, il afflua des troupes innombrables de pèlerins qui chantaient le

cantique de Bétarram (1). Le bruit assour-
dissant qu'ils faisaient au dehors, ne pouvant tous se loger dans les maisons du village, et le mauvais gîte, firent passer une
nuit sans repos aux châtelaines de la Soule ;
aussi se hâtèrent-elles de s'habiller dès
qu'elles virent le jour, et puis, mêlées pieusement à la foule, elles allèrent de stations
en stations, toujours montant vers les croix ;
à genoux dans la poussière, elles ne s'offen-
saient pas d'être poussées et coudoyées par
des vilains. Les nobles qui se trouvaient à
Bétarram ne se distinguaient que par les dons
précieux qu'ils faisaient à chaque chapelle.
Il n'y aurait pas de meilleur niveleur que la
religion chrétienne, si les hommes ne l'ar-
rangeaient pas à leur manière.

(1) Bétarram a toujours ses pèlerins, son cantique naïf, ses
stations et son calvaire ; à voir les grotesques et atroces figure
qui décorent les chapelles, on pourrait croire qu'elles datent d'
temps de Gaston IV.

Oh! combien de douleurs furent contées
à *la mère des douleurs !* à cette vierge pla-
cée entre le ciel et nous comme médiatrice ?
là il n'y avait pas un cœur qui n'eût son
mal, et qui n'eût foi au remède : ne se
retirait-on pas consolé, on remportait l'espérance.

C'était aussi chose curieuse à examiner
que cette grande réunion de gens dissem-
blables de costumes, et de physionomie :
les Basques, à la colère terrible, à la course
légère, au cœur religieux, portant ainsi
que les Béarnais un berret comme une
couronne, et ceignant leurs reins d'une
écharpe comme les chevaliers; les pasteurs
l'Aspe, d'Ossau et de Barretous, vêtus de
couleur écarlate, et mettant le berret brun
ur l'oreille; les gens de Bigorre, rudes et
arrogans, coiffés d'un bonnet de laine; les
ssunois, avec la blouse bleue des Gaules

et le berret blanc ; les Gascons à l'abri du
soleil sous de larges chapeaux, étalant sur
leurs épaules toute la longueur de leurs
cheveux, se trouvant hostiles à tout ce qui
portait berret; les petits sauvages du comté
d'Acqs, superstitieux, vivant du droit d'é-
pave, couverts de peaux de brebis, portant
en *ex voto* les échasses qui les aident à
traverser leurs marais : chétive espèce,
jaune comme la résine qu'elle recueille;
brute comme les troupeaux qu'elle promène dans ses solitudes; des Catalans, des
Arragonais, des Navarrais, avec le sombrero
ou le bonnet rouge, graves, se drapant dans
leurs haillons, promenant le rosaire, ou
le poignard dans leurs doigts, immobiles
au soleil, mais sur ces fronts hautains, dans
ce regard profond, lisez : énergie et persévérance. Il y a des siècles qu'ils combattent
les Maures; ils leur ont repris des provinces;

bientôt ils les auront expulsés ; ensuite, ils se reposeront, et laisseront marcher les siècles, jusqu'à ce qu'un autre ennemi menace leur pays, leur roi, ou la religion.

Puis, c'étaient de hauts seigneurs avec leur suite ; de simples *dommingers*, petits gentilshommes, vivant de leur chasse, et se consolant de leur pauvreté, avec le droit de manier l'épée et le faucon. Des moines de toutes couleurs ; le Béarn en avait peu, mais il en venait d'Espagne et de France ; puis des pèlerins de toutes les parties de l'Europe, avec les palmes, et les coquilles : pèlerins de Rome, de Notre-Dame de Lorette, de Sainte-Anne d'Auray : ceux de Saint-Jacques de Compostelle étaient les plus nombreux ; ceux du Saint-Sépulcre, les plus respectés : les rangs de coquilles indiquaient le nombre des pèlerinages, comme les chevrons aux bras des vétérans comptent les campagnes.

Après que tous se furent prosternés au
pied de la croix, sur le sommet de la montagne, il y en eut qui entrèrent dans la grande
chapelle construite dans cet endroit ; de ce
nombre étaient les dames de Mauléon. Les
flots de pèlerins restèrent en dehors, se
pressant à l'entrée de la chapelle ; d'autres,
renonçant à y trouver place, se mettaient
à genoux sur la pelouse, et le plus grand
nombre s'ébattaient en attendant la messe.

XIX.

LA MÊLÉE.

Un homme d'armes du château de Pau voulut embrasser une jeune fille.

— Retire-toi ! Navarrais, lui dit-elle.

— Je ne suis pas Navarrais, mais du Vic-bill, de la vieille race du pays.

— Et quand tu serais Navarrais ! dit un Espagnol de la vallée de Roncal.

— Si j'étais Nàvarrais, reprit l'homme

d'armes, j'aurais reçu un roi au lieu de te l'avoir donné.

— Tu en as menti! s'écria le Roncalais; nous n'avons d'autres rois que ceux que nous nous choisissons.

— Et nous le ferons voir! dirent les Navarrais qui étaient là.

Des Gascons du beau pays de la Réole et de Marmande, fiers de leur fleuve, riaient malignement en regardant les Béarnais.

— Vous n'avez pas beau jeu de rire, messieurs de Gascogne, dirent ceux-ci, car vous appartenez aux Anglais, et vous passez de prince en prince comme une dot.

Ce mot alla courant parmi les habitans de la Guyenne, et ils devinrent furieux.

Les Béarnais répétaient, en faisant le moulinet de leur bâton, arme redoutable dans leur main :

— Nul ne peut dire qu'un pas d'homme

ennemi se soit imprimé sur notre franche
terre de Béarn!

—Haro sur le Béarn! s'écrièrent les Gascons et les gens du parti des *Beaumonts* en
Navarre ; ceux de Soule se joignirent à eux,
et ils poussèrent leur cri : *Beaumont! Beaumont!* Aussitôt amis et ennemis se classè-
rent : les Béarnais eurent pour eux les gens
du Comminge, de Foix, du Bigorre, du
Nabousan et du comté d'Acqs. Ce furent
des cris, des chocs de bâton et des pierres
lancées.

Les seigneurs s'en mêlèrent pour arrêter
le mal ; mais l'occasion était belle pour vider des différens et venger des affronts; les
seigneurs finirent par n'être guère plus sages que les vassaux ; ils prirent parti, l'un
pour son pays, l'autre pour son prince, celui-ci pour son château, celui-là pour le gué
de la rivière. Les haines se réveillaient; c'é-

taient des hommes accoutumés à se rencontrer sur le champ de bataille avec des
couleurs ennemies. Le guidon de Mauléon
déploya sa bannière pour rallier les partisans des Beaumonts; un pasteur de la vallée
d'Aspe courut à la chapelle enlever la bannière royale aux vaches de Béarn écartelée
des chaînes de Navarre : c'est de ces deux
points que les deux partis se précipitèrent.

Les clameurs du dehors troublèrent ceux
qui étaient dans la chapelle, ils en sortirent alarmés; c'étaient pour la plupart des
femmes et des enfans qui augmentèrent la
confusion par leurs cris d'effroi. Les dames
de Mauléon se retournèrent pour demander
la cause de ce tumulte, leurs gens les
avaient quittées; elles entendirent : *Beaumont! Grammont!*

—On se bat! dirent-elles.

Elles sortirent sur la porte de la chapelle;

elles virent Manech, le porte-enseigne de Mauléon, s'agiter avec sa bannière.

— Le misérable! s'écria Blanche; il a déployé ma bannière sans mon ordre!

— Il va la compromettre dans une affaire de vilains, dit madame Isabelle.

— Et contre la foi que nous devons au prince de Béarn sur ses terres! répliqua la vicomtesse tremblante; mais comment parvenir jusqu'à lui!

En effet, les hommes couraient le bâton levé, ne regardant point qui ils renversaient; les dames de Mauléon cherchaient des yeux un chevalier qui pût aller porter leurs ordres à Manech; il n'y en avait point là, ils étaient tous occupés dans la foule. Corisande prend tout-à-coup son parti; elle s'élance vers une des croix du Calvaire, elle parvient sur le bloc de marbre qui la supporte, avec l'agilité d'une Basquaise, et la

voilà dominant toutes ces têtes d'hommes.
Elle appelle Manech le guidon ; il ne l'entend
point, pourtant il n'est pas loin d'elle ; mais
la douce voix d'une jeune fille pouvait-elle
être entendue à travers des milliers de voix
rauques et colères !

Corisande, dans sa détresse, regardait ce
qui se passait ; elle voyait des chevaliers es-
sayant de ramener le calme, d'autres se
passionnant comme le peuple, des prêtres
se jetant au milieu des pierres et des bâ-
tons en rappelant la sainteté des lieux ; elle
remarqua un Espagnol allant d'homme à
homme, et laissant sur son passage comme
une traînée de feu ; c'étaient de nouveaux
cris de *Beaumont !* un redoublement de fureur ; et on se le montrait en disant : c'est
Bermudez ! Un pèlerin accourut, il s'écria
d'une voix tonnante en parlant à un chevalier :

— Allez, sire de Navailles, vous me répondrez d'une seule goutte de sang !

Par hasard, Manech regarda du côté de la croix ; il aperçut Corisande et le signe impératif qu'elle lui fit de lui remettre la bannière ; il se hâta de lui obéir.

— Félon, lui dit-elle, comment oses-tu appeler au meurtre pendant une fête sacrée ! répare le mal que tu as fait ; va aux Beaumonts, dis-leur que la fille du comte Bertrand leur ordonne de se tenir tranquilles.

Manech, confus d'avoir mal agi, court aux Beaumonts, remplit son message, et leur montre Corisande debout sur le piédestal de la croix ; ils ne comprennent pas tous, ils croient que c'est une fille du comte de Mauléon qui veut être leur chef ; cela arrivait. Cette erreur la sert ; ils se rassemblent autour de la croix, prêts à lui obéir. Les Grammonts voient ce mouvement et portent les yeux sur la croix ; Beaumonts et Grammonts regardent la ravissante jeune fille, sa pose aérienne, ses grands yeux de couleur et d'expression célestes, son voile que le vent balance ; ils se demandent dans leur admiration si ce n'est pas Notre-Dame Marie elle-même : ils se dressent sur leurs pieds pour la voir ; le cou tendu, ils se taisent, pour la mieux voir ; ils lèvent leurs bras comme pour jurer qu'elle est belle ; ils lui offriraient leurs cœurs si elle les demandait. O beauté ! tu es une puissance !

Corisande, avec une sensibilité profonde, des larmes sur les joues, s'écrie :

— La paix ! la paix ! au nom du roi et de Notre-Dame Marie !...

Elle baisse la bannière de Mauléon, la replie, et montre de la main la chapelle. Alors les moines et les pèlerins à coquilles entonnent le cantique de Betarram ; les chevaliers crient : *la paix !* la foule redit comme un écho : *la paix !* et tous répondent au cantique des pèlerins.

Corisande regarda le ciel avec une joie passionnée ; elle allait descendre lorsqu'elle remarqua devant elle un pèlerin dont le capuchon, relevé tout-à-coup, laissa à découvert une forêt de cheveux blonds ; immobile, les yeux fixés sur elle, il semblait ravi ; quand, s'apercevant qu'il pouvait être vu, il se hâta de ramener son capuchon sur son visage.

Corisande reconnut celui qui ne ressemblait à nul autre ; le jeune étranger de l'ermitage. Elle venait de parler sans crainte à une foule en fureur, elle ne put soutenir ce regard ; confuse, elle baissa la tête, s'appuya pour descendre sur le bras qu'Odon lui tendait, car elle tremblait, et pensa seulement alors qu'elle venait de faire une

action extraordinaire ; elle se glissa dans la
foule en rougissant et vint se jeter à genoux,
dans la chapelle, entre sa tante et sa sœur.

L'Espagnol, qu'on avait appelé Bermudez, se trouva sur le passage de Corisande ;
il jeta sur elle un regard perçant, et le fixa,
avec une expression singulière, sur le pèlerin.

Le pèlerin suivait Corisande ; il vint se
placer derrière un pilier auprès d'elle. Il
lui dit, à voix basse, mais avec feu :

— Dorénavant, François de Béarn devra
vous prendre pour dame et patronne, car
aujourd'hui vous lui avez évité beaucoup
de douleurs !

—C'est le nom de Marie qui a tout fait,
reprit-elle timidement.

— Pourquoi ne voulez-vous pas que ce
soit vous ? N'y a-t-il rien pour le roi dans
votre âme ? ne serait-ce qu'une pitié de
femme qui vous eût fait réclamer la paix ?

— Ah ! c'est tout mon cœur qui la ré-
clame pour l'amour de François !

—Pour l'amour de François ! répéta le
jeune homme en tressaillant : ceci sera un
jour de bonheur pour le roi de Navarre.

Corisande ne répondit point.

— Ena Corisande, reprit-il, car je sais
votre nom à présent, il ne faut pas craindre que je l'oublie ! dites, Ena Corisande,
voudriez-vous que le roi apprît l'intérêt
que vous prenez à lui ?

— Que lui importe l'intérêt d'une femme
inconnue ?

— Ah ! il lui importera beaucoup ! il aurait été au bout du monde pour l'obtenir,
le vœu de la plus noble et de la plus belle !
Ena Corisande, c'est une couronne de plus !

— Messire, dit la jeune châtelaine avec
dignité, vous oubliez que vous êtes dans
un lieu saint, et que tout le monde prie.

Le maintien de Corisande ne permettait
pas une réplique; le pèlerin se tut. La vierge
Marie eut à se plaindre, je pense, qu'il
portât ailleurs les hommages qu'il eût dû lui
rendre; ce n'est pas que son air fût distrait! au contraire, il paraissait absorbé dans
des pensées profondes, dans une vision
angélique. Quel en était l'objet? des tresses
brunes, des mains jointes, une fille char-
mante.

XX.

ARRAMON.

Une autre scène se passa.

Des moines prêchaient en plein air sur le sommet de la montagne. Le premier bloc de pierre leur servait de chaire, et leurs discours, où il y avait plus d'énergie que d'éloquence, frappaient fort sur ces hommes rudes. Un homme se glissait humblement dans la foule; il s'était frayé un

passage malgré les murmures de ceux qui
restaient en arrière, quand tout-à-coup
on s'écria : un Cagot! c'est un Cagot!...
ne connais-tu pas les lois? ladre! ne sais-
tu pas que tu ne dois pas venir parmi des
chrétiens?

— Ceci n'est pas l'enceinte d'une église,
dit le Cagot, en se reculant.

— Au Bayle! conduisez-le au Bayle!

Le Cagot effrayé se retirait et regardait
avec angoisse tous les visages menaçans
qui le maudissaient: il essaya de dire pour
obtenir pitié:

— Cependant, cette noble jeune dame,
qui vous a harangué naguère et qui est
allée dans la chapelle, n'a pas dédaigné
d'entrer dans ma cabane.

Une huée s'éleva.

— A l'eau, le lépreux! qu'il aille faire ses
ablutions dans le Gave!

— Oui, s'écria-t-il avec désespoir, Ena Corisande de Mauléon est entrée dans ma cabane, avec un beau jeune seigneur qui est maintenant auprès d'elle, en habit de pèlerin.

— Une corde pour le traîner au Gave! à défaut de cordes, vos ceintures rouges!

Et les ceintures rouges étaient ôtées, et on les nouait.

— J'en appelle à la vicomtesse de Soule, dit l'infortuné Arramon.

C'était le mari de Janina qui se voyait prêt à être offert en holocauste : l'Espagnol, que l'on avait nommé Bermudez, était là.

— Est-ce que tu es du pays de Soule, Cagot? lui dit-il.

— Oui, seigneur chevalier, s'écria Arramon en tombant à genoux devant lui; sauvez-moi, au nom d'Ena Corisande!

— Laissez ce chien, dit Bermudez, avec la confiance d'un homme bien connu.

— Allons! va-t'en, Cagot; et que l'on ne
te voie plus.

Le Cagot se retira, souffleté, coudoyé,
meurtri, bafoué. Bermudez le suivit et l'appela à l'écart.

— Tu connais la jeune dame que tu as
nommée tout-à-l'heure?

— C'est Ena Corisande, la seconde fille
du comte Bertrand, mon respecté seigneur.

— Connais-tu de même le pèlerin que tu
as désigné?

— J'ignore son nom, mais j'ai bien reconnu ses traits, lorsqu'il suivait Ena Corisande descendant de ce rocher, au pied de
la croix; je lui ai sauvé la vie, au moment
où il allait périr dans le torrent, il y a peu
de jours.

— Tu as fait là une digne œuvre, dit
l'Espagnol avec un sourire amer.

Puis il demanda :

—Est-ce que la fille du comte et le jeune homme se connaissaient lorsqu'ils se rencontrèrent chez toi?

— Cela pourrait être ; ils parlèrent beaucoup ensemble, tandis que j'éclairais le sentier avec une torche de sapin.

— Où se seraient-ils vus?

— A l'ermitage, sans doute, dit Arramon, qui se redressait à mesure que Bermudez paraissait prendre intérêt à son récit.

—Chez le Français Adémar? voilà qui est probable.

Et l'Espagnol fit encore de nouvelles questions au Cagot, puis il le quitta d'un air préoccupé.

Les cérémonies religieuses terminées, la foule se répandit sur la montagne. On voyait des groupes assis sous les frênes, et à l'ombrage des noyers, manger les provisions

apportées; l'outre et la gourde circulaient
de main en main, laissant sur leur route
le rire et les bons mots; des marchands of-
fraient des chapelets et des reliques; des
aveugles chantaient des noëls; les peuples
des deux côtés des Pyrénées faisaient un
échange des produits de leur sol: c'était une
foire, c'était un camp.

XXI.

LE SIRE D'ANDOINS.

Les châtelaines de Mauléon fixèrent les regards de tous les seigneurs quand elles sortirent de la chapelle. Le nom de leur père, sa rébellion, les grandes richesses de la jeune vicomtesse, la beauté des deux sœurs, l'apparition de Corisande au milieu de la mêlée, étaient le sujet de toutes les conversations :

le comte de Carmaing et un grand nombre
de nobles hommes vinrent les saluer.

Blanche pressa le bras de sa sœur. Joan!
dit-elle, voilà le baron d'Andoins! et elle
montrait un jeune homme, qui semblait
hésiter sur ce qu'il allait faire. Il se décida
pourtant à avancer vers madame Isabelle.
Quand il se fut nommé, elle devint froide
et sévère; elle lui avait fait répondre que
Blanche était promise avant de l'avoir connu.

—Je ne pensais pas, monsieur le baron, que
nous dussions nous rencontrer, lui dit-elle.

— Le hasard seul m'a servi, madame;
permettez-moi de m'en féliciter. Je ne puis
renoncer à Ena Blanche sans savoir au moins
si l'obstacle qui nous sépare est invincible.

— Jugez-en vous-même: c'est par la volonté de son père qu'un autre époux lui est
choisi.

—J'en appelle à votre loyauté, à votre

bonté, madame, dit Joan avec énergie; ne connaissez-vous aucun obstacle qui puisse rompre l'union projetée et me sauver du désespoir?

— Il pourrait y en avoir un: le refus de l'homme à qui ma nièce est destinée; mais ne l'espérez pas!

— Non pas, s'il la connaît, dit le sire d'Andoins avec tristesse.

— C'est surtout parce qu'il est lié par sa parole, qu'il l'épousera, monsieur le baron.

— Je n'ai point entendu parler d'Ena Blanche; sans doute qu'elle s'est aisément résignée?

— Ena Blanche, comme une jeune fille bien née, sera soumise aux ordres de son père.

— Et pas un regret pour moi! s'écria le châtelain d'Arthez.

— Allez auprès de votre père, sire d'Andoins; au premier vœu qu'il exprimera, quelque chose qu'il exige de vous pour son honneur, vous comprendrez l'obéissance d'Ena Blanche.

Des larmes vinrent aux yeux du baron.

— Hélas! madame, dit-il en montrant ses habits de deuil, que madame Isabelle n'avait pas remarqués, je n'aurai pas même la consolation de faire un sacrifice pour mon noble père!

La mâle douleur qui se peignait sur le visage du jeune homme fit impression sur madame Isabelle; elle fut émue aussi par le souvenir d'Odet, qui lui avait été cher.

— Quoi! dit-elle, le baron Odet n'est plus! c'était un digne gentilhomme!

Elle regardait la taille svelte, les yeux noirs, l'air franc et ouvert du jeune baron.

— Vos traits sont semblables à ceux de

votre père, lui dit-elle avec douceur; j'aime
à penser que vous lui ressemblez aussi de
cœur et d'esprit.

— Suivre l'exemple qu'il m'a donné sera
l'étude de ma vie, répondit Joan avec une
chaleureuse expression.

— Eh bien! messire, dit madame Isabelle en posant affectueusement sa main
sur le bras du baron, votre père, j'en suis
sûre, eût renoncé avec courage à la femme
qui n'aurait pu être à lui.

— Madame, répondit Joan avec une
grande émotion, tant qu'Ena Blanche sera
libre encore, laissez-moi espérer qu'elle
pourra être à moi! Le jour où on me l'enlè-
vera, j'irai devant Grenade; Dieu disposera
de moi comme il voudra; si je meurs, tant
mieux! si je vis, les Maures me donne-
ront une occupation qui remplira ma
vie!

Les femmes aiment les beaux sentimens; madame Isabelle fut touchée.

—Non! non! vous n'irez point à Grenade comme un insensé! vous êtes un des hauts barons de Béarn, vous devez servir votre pays. Coûte que coûte, je vais vous confier le nom de l'époux d'Ena Blanche: c'est le connétable de Navarre; vous voyez quelle grande destinée son père lui a faite.

— Le chef des Beaumonts! l'ennemi de mon prince! Ah! toutes les barrières à la fois!

— Qu'importent plusieurs? une seule suffit pour un homme d'honneur.

Joan marchait la tête basse; le nom du comte de Lérin l'avait écrasé.

—C'est fini! c'est fini! dit-il; alliance de parenté, d'amitié, de parti; chaînes sur chaînes!

—Oui, c'est fini, messire Joan; j'exige

que vous ne cherchiez plus à voir ma nièce ;
et que vous ne lui exprimiez pas un regret.

—Permettez un seul adieu !

— Pas un seul mot, sire d'Andoins.

— Madame, vous disposez de moi, dit le
baron avec une résignation douloureuse :
mais me promettez-vous, à votre tour, que
s'il arrivait un changement au sort d'Ena
Blanche, vous récompenseriez l'abnégation
que je fais de moi dans ce moment ?

— Je vous le promets, répondit madame
Isabelle entraînée ; et cependant la vicomtesse de Soule ne devrait pas choisir un
Grammont, et pourrait être difficile pour
le rang et les biens.

—Plût à Dieu qu'Ena Blanche fût une
simple demoiselle ! dit le châtelain d'Arthez.

Blanche et Corisande marchaient derrière
madame Isabelle, sans pouvoir entendre la
conversation ; elles suivaient ses mouve-

mens. Elles la virent se rapprocher de Joan,
et puis finir par s'appuyer sur son bras pour
descendre la montagne. Les deux sœurs
souriaient, et Blanche élevait vers le ciel
des yeux mouillés de larmes.

— O Marie! c'est vous, toujours vous,
qui me protégez!

Corisande disait :

— Je ne sais comment cela arrivera, mais
j'espère...

· Le sénéchal avait distribué d'abondantes
aumônes aux mendians accourus en troupes
à la fête, comme la vicomtesse le lui avait
ordonné; quand elle arriva à Lestelle, elle
trouva les chevaux et les litières prêts pour
le départ; de jeunes nobles s'empressèrent
pour lui tenir la bride et l'étrier.

Beaucoup aussi s'occupaient de Corisande; le sire de Castelbajac, de la comté de
Bigorre, semblait le plus charmé de toutes

ses grâces. Il lui offrait la main pour la mettre à cheval, lorsqu'un pèlerin s'avança avec la même intention, et le regarda en face; le seigneur de Castelbajac se retira aussitôt en arrière; était-ce par respect pour le dévot habit? Corisande reconnut le pèlerin; elle effleura à peine la main qu'il lui présentait. Il lui dit de façon à n'être entendu que d'elle :

—J'ai eu d'heureuses rencontres, mais je ne veux plus me fier à ma fortune; je jure que dorénavant je vous chercherai. A revoir.

Et ses yeux qui brillaient sous le capuchon avancé eurent le pouvoir de troubler Corisande.

Le triste Joan aidait madame Isabelle à monter en litière, et il se tenait près d'elle; cependant un éclair de bonheur passa sur son front : il avait rencontré le regard de Blanche et l'avait compris.

Tous ces chevaliers se mêlèrent à la suite
des dames de Mauléon, et, tout en chevau-
chant, ils causaient avec elles. A Coaraze,
le comte de Carmaing les engagea à venir
prendre gîte chez lui pour la nuit; il voulait leur donner une fête. Mais, au grand
déplaisir de leur brillante escorte, elles voulurent aller coucher à Nay, et, tournant
sur la gauche, elles y arrivèrent à la nuit.

Nay, aujourd'hui jolie ville industrielle,
dut sa fondation aux religieux hospitaliers
de Gabas; des maisons se groupèrent autour de l'église, comme la couvée qui se
presse autour de la mère, et quand la bourgade fut considérable, ils la cédèrent à Marguerite de Béarn.

XXII.

LA PRIÈRE.

A Nay, les deux sœurs occupèrent la même chambre; elles se mirent à genoux pour faire leur prière du soir. La vicomtesse récitait les oraisons tout haut; les hommes auraient dit : Elles prient. Dieu seul savait où errait leur âme.

—C'est impossible! dit Blanche en s'asseyant sur le prie-dieu, c'est impossible!

mes lèvres font leur devoir, mais je ne puis maîtriser mes pensées; elles sont toutes sur la route de Bétarram.

Corisande répondit d'un air distrait :

— Je ne sais pas si vous avez omis quelque prière, je n'écoutais pas. Je voyais passer et repasser toutes ces figures de Bétarram.

— Corisande! il vaut mieux voir un millier de figures, qu'un seul regard, un regard toujours là; il fait mal!

Un léger soupir fut la réponse de Corisande. Elle avait compris sa sœur, mais elle eût été trop embarrassée pour lui dire : Et moi aussi, je suis sous la puissance d'un regard!

— Dites-moi, Corisande, toutes ces figures dont vous me parlez passent-elles également vite? N'en est-il aucune qui se dessine plus fortement, et que vous reteniez par un souvenir?

— Parlez-vous des gentilshommes, ma sœur? ils se ressemblent beaucoup; il me semble qu'ils ont dit à peu près les mêmes choses.

— Chère enfant! vous seule avez été en vraie pèlerine à l'autel de Marie! Nulle pensée étrangère ne vous a troublée!

— Blanche! Blanche! vous pourriez vous tromper!...

— Et lorsque vous étiez entourée de grands et beaux seigneurs, vous avez préféré l'humble appui d'un pauvre pèlerin.

Corisande secoua la tête; et, regardant sa sœur d'un air moitié riant, moitié confus, elle lui répondit :

— Ce pèlerin ne m'était pas inconnu.

— Qui est-il donc?

— L'étranger que je rencontrai à l'ermitage, et chez les Cagots.

— Quoi! vous avez retrouvé là cet aventurier?

— Aventurier! s'écria Corisande en rougissant fortement; vous ne l'avez pas vu,
Blanche!

Blanche appuya, en souriant, sa main sur
le cou de sa sœur; Corisande la repoussa
avec dépit.

— Vous ai-je offensée? demanda Blanche.
Prenez garde, votre imagination peut se
prendre à un air de mystère.

— Je suis Corisande de Mauléon, reprit
la jeune fille en relevant la tête, mon cœur
ne se méprendra jamais... Mais continuons
nos prières.

Elles recommencèrent à prononcer des
paroles saintes; leurs voix étaient émues,
leur tête penchée sur la poitrine; mais l'ange
de la prière put-il recueillir une seule pensée pour le ciel?

Aventurier! se répétait Corisande; ce mot la blessait dans sa fierté et dans son cœur. Oh! si ma sœur avait vu ce front haut, ce regard superbe et pourtant si doux; si elle avait entendu cet accent qui impose, elle eût cru plutôt un haut baron qui se déguise. Puis elle se demandait avec impatience : Et pourtant, quel est-il? un habit de page! une robe de pèlerin!

Les deux sœurs se couchèrent sans s'être parlé. Il y avait long-temps qu'elles s'agitaient dans le même lit sans pouvoir trouver le sommeil, lorsque Corisande dit à Blanche :

— Embrassez-moi, pour que je dorme.

Blanche jeta ses deux bras autour du cou de sa sœur.

— J'ai eu tort, dirent-elles toutes les deux à la fois.

Elles trouvèrent enfin le repos dont elles avaient besoin.

XXIII.

RETOUR A L'ERMITAGE.

Peu de jours après son retour, Corisande alla à l'ermitage avec dame Aloyse; elle voulait raconter son voyage, savoir des nouvelles de la Navarre; elle avait aussi un nom à demander; elle sentait du dépit à voir une image se placer souvent devant elle, sans pouvoir la nommer.

Adémar était assis devant sa cellule,

courbé comme si la vieillesse eût pesé tout-
à-coup sur lui; ses yeux n'avaient plus leur
énergique expression, tout son air était
abattu. Dame Aloyse et Corisande firent
une douloureuse exclamation.

— Le soleil est chaud, n'est-ce pas? leur
dit-il; moi, je ne le sens pas.

—Oh! qu'avez-vous, mon père?

—C'est le vieux chêne qui tombe, ma
fille.

— O mon digne père! ne parlez pas
ainsi!

—Mourir paraît bien terrible à votre
âge; au mien, c'est la couche après un long
jour de labeur. J'ai grand besoin de repos,
croyez-moi!

Corisande prit la main du vieillard qu'elle
baisa avec respect et affection; elle lui dit :

—Quand on fait du bien, il ne faut point
vouloir mourir.

— Je n'ai point appelé la mort, Dieu sait que je l'ai attendue avec patience; mais je me suis étonné qu'après tant de traverses, de passions véhémentes, je sois parvenu au bout d'une longue carrière; tout ce que j'ai aimé, tout ce qui m'a fait souffrir a disparu; je suis resté comme un vieux débris... De tant de cœurs qui ont battu avec le mien, il n'y a plus de mouvement qu'ici... Ces cris de guerre, ces éclats de joie, d'autres accens encore... tout cela est muet!... Les douleurs dévorantes, la frénésie du désespoir, cela est passé aussi!... tout est vain, ma chère fille!

— Adémar, votre carrière a été difficile; vous avez dit des mots qui me l'ont appris. Je n'ai point osé vous interroger, peut-être que la plainte vous eût soulagé.

— Pauvre enfant! irai-je étonner votre cœur ignorant! et moi, vieillard, trouverai-

je des termes ? Je sens encore la douleur, et
je ne sais plus comment on la nomme! il est
de tels maux que, même autrefois, je n'aurais pu les traduire en langage ordinaire.
Dieu seul a pu les entendre! depuis que j'ai
mis mon âme en sa présence, les plaies se
sont cicatrisées! Outrageusement trompé,
j'avais pris les hommes en haine, je doutais
même de moi. La prière a ennobli mon
âme; j'ai compris que j'étais appelé à une
autre félicité que celle que j'avais pleurée,
et que j'avais mal employé les forces de mon
cœur. Oh! qu'elle est consolante cette com-
munication de l'homme avec l'être grand et
bon!...

Le solitaire leva vers le ciel ses mains et
ses regards, et il resta quelque temps dans
une douce extase. Puis, se tournant vers
Corisande :

— Jeune dame, c'est pour votre enseigne-

ment que je vous ai parlé de moi, tandis
que votre âme est légère de soucis; élevez-
vous et ne touchez jamais que du bout du
pied à cette terre qui déchire, si elle ne
souille pas... Aviez-vous quelque chose à
me dire lorsque vous êtes venue?

— Ah! dit-elle en se recueillant, je
voulais vous parler de ma sœur, et apprendre quelques nouvelles du comte de
Lérin.

— Je ne sais rien de plus : le comte de
Lérin négocie toujours avec le jeune roi:
lui rendra-t-il Pampelune? veut-il réellement la paix? pense-t-il à Ena Blanche? pré-
fère-t-il la sœur de Ferdinand? qui pourrait
le pénétrer!

— Mon père, je vins ici il y a quelques
jours, vous étiez absent; je vis dans la chapelle un jeune homme, que je rencontrai
le même soir chez des Cagots.

— Je sais cela, il vous reconduisit au château, et il refusa d'y entrer.

— Il vous l'a dit? d'où vient qu'il refusa?

— Parce que tout l'éloigne des Beaumonts.

Corisande rougit :

— S'il est du parti royaliste, dit-elle, je lui
en ai dit assez pour lui faire voir que nous
n'étions pas ennemis.

— C'est un léger incident, parlez-moi de
votre pèlerinage.

Corisande raconta son voyage, Joan d'Andoins, les troubles qui s'étaient élevés à Bétarram, le mouvement irrésistible qui l'a-
vait entraînée :

— Oh! cette profanation de la fête me
faisait mal; ces cris des *Beaumonts* m'étaient
odieux; sans réflexion j'ai parlé à ces hommes; ai-je mal fait? depuis, dans le calme,

je me suis étonnée de mon audace; ai-je mal fait?

Le vieux solitaire étendit une main sur la tête de Corisande avec un sourire paternel :

—Bien! bien! ma fille; la femme doit vivre à l'ombre; son amour est comme un feu caché sur lequel elle doit jeter cendre sur cendre pour l'amortir et le dérober. Mais il est des situations extraordinaires où elle doit laisser éclater cette flamme toute divine.

Corisande parla ensuite du pèlerin qu'elle avait reconnu pour être le jeune ami de l'ermite.

— Vous vous êtes sûrement méprise.

— Oh! je ne me trompe pas! on ne peut le confondre avec d'autres, d'ailleurs il m'a parlé.

— Qu'avait-il à vous dire?

Elle répéta à peu près la conversation du pèlerin. L'ermite devint rêveur.

— Mon père, dites-moi son nom.

— De quelle importance peut-il être pour vous?

— Ne l'ai-je pas rencontré trois fois en peu de jours? ne puis-je pas le rencontrer encore?

— Il vaudrait peut-être mieux vous dire qui il est; mais ce n'est pas mon secret, je dois obtenir son aveu.

— Il se cache! serait-il malheureux?

— En apparence tout lui sourit.

— Oh! il n'est pas coupable!

— Ne pourriez-vous me parler d'autre chose que de ce jeune homme, Ena Corisande?

Corisande rougit encore.

— Je tiens à savoir son nom, reprit-elle avec embarras, parce que ma sœur l'a appelé aventurier.

L'ermite laissa échapper un sourire.

— Il ne court du moins que de nobles aventures.

— Me voilà satisfaite! dit vivement Cori-sande.

Adémar lui fit des questions sur l'Espagnol qui soufflait la discorde.

— Vous dites qu'on le nomma Bermudez?

— Oui, il paraissait diriger les Beaumonts.

— C'est, dit l'ermite, l'écuyer du comte de Lérin, son confident, son démon familier; partout où il se montre, il arrive du mal : Bermudez va dire à son maître la part que vous avez eue dans cette journée; cela fixera l'attention du comte sur la vicomtesse de Soule; et cela peut hâter ses desseins.

Cette longue conversation avait fatigué Adémar, il demanda à être seul.

— Qui vous soignera? lui dit Corisande avec tristesse.

— Il me faut si peu ; on ne touche pas à la lampe qui s'éteint.

— O mon digne père ! dit-elle en pleurant ; permettez que je vienne tous les jours.

—Non, mon enfant ; avant de rendre mes comptes, je veux les repasser dans le silence.

— Mon père, dit-elle avec instance, laissez-moi vous voir, vous écouter : oh ! que deviendrai-je quand vous me manquerez?

— Écoutez votre cœur, noble enfant, il vous guidera bien ; et vous aurez pour appui le père de tous les orphelins.

— Non, c'est impossible ; ce ne peut être le dernier adieu !

— Oh ! bien, vous viendrez une fois encore au dernier moment, puisque vous le voulez, ma chère fille.

Corisande et dame Aloyse s'éloignèrent

pour lui obéir; et lui, disait en les voyant disparaître derrière la montagne :

— Quoi! il restait encore une affection dans mon cœur et une larme dans mes yeux!

La silencieuse douleur de Corisande fut suspendue par la rencontre qu'elle fit d'une femme qui cueillait des plantes; elle chantait : l'air était triste, la voix mélancolique; penchée sur la pointe des rocs, on l'eût prise pour une magicienne faisant des charmes : les paroles qu'elle chantait étaient d'une langue étrangère; on pourrait les traduire ainsi :

« Il est une terre aimée du soleil, où croissent les palmiers; le lion rugit dans ses déserts, l'autruche se cache dans ses solitudes; terre gracieuse et terrible! c'était notre patrie!

» Il était des hommes, beaux et guerriers, leurs chevaux volaient sur le sable; leur cimeterre abattait des têtes; à l'heure du midi, ils respiraient des parfums au murmure des fontaines, sur des tapis de soie, entourés de jeunes beautés ; héros heureux et vaillans! c'étaient nos pères!

» Et nous, leurs fils, nous sommes esclaves sur une terre glacée; on nous appelle les Cagots; l'opprobre est sur nos fronts: nous sommes la feuille que le vent flétrit, l'insecte que l'on foule en marchant... terre de feu! ô temps de gloire et d'amour! adieu! »

Lorsque Corisande se trouva près d'elle, la femme releva la tête; c'était Janina : les yeux brûlans de la femme du Cagot exprimèrent la joie, mais le respect l'empêcha de parler.

— Bonjour, Janina, dit Corisande qui voulait lui faire plaisir.

— Elle sait mon nom! dit la femme en tressaillant.

— Comment se trouve ton jeune Yvain?

— Je cherche des simples pour sa blessure, qui ne se ferme pas encore.

— Ena Corisande, dit dame Aloyse, n'est-
ce pas une femme de cette race maudite
qu'on appelle les Cagots?

—Il est vrai ; mais c'est une mère passionnée, une mère malheureuse. Tiens, pauvre
créature, voilà de l'or pour nourrir ton fils
bien-aimé.

—Je reçois vos dons, noble dame, parce
que, vous, c'est le ciel.

Corisande lui fit un signe d'adieu.

Dame Aloyse disait :

—On assure que la rencontre de ces sortes
de femmes, cherchant des herbes, porte
malheur; l'enfer les leur fournit, à ce que
l'on croit, en échange de leur âme.

Et Janina, poursuivant Corisande de son
regard, disait :

— Non! elle n'est pas de la même nature que les hommes de ces contrées!

XXIV.

LA TOURMENTE.

Dame Aloyse revint un jour de l'ermitage, disant qu'Adémar n'avait plus que quelques instans à vivre; elle ajouta qu'il était soigné par la femme du Cagot qu'elles avaient rencontrée.

— C'est par humilité, ajouta-t-elle, que ce digne vieillard boit de l'eau qu'elle lui ap-

porte, et qu'il se réchauffe au feu qu'elle
allume.

—Il ne m'a pas appelée, comme il l'avait
promis! s'écria Corisande.

—Le temps est affreux, répondit dame
Aloyse; il est impossible que vous puissiez
aller sur la montagne.

—Je veux essayer, dit Corisande.

Madame Isabelle et tout ce qui l'entourait représentèrent à Corisande le danger
auquel elle voulait s'exposer.

— Ma tante! répondait-elle les mains
jointes, je vous en conjure, laissez-moi recevoir la dernière bénédiction de mon bon
père! la fatigue que je vais prendre ne peut
égaler le mal que me ferait le regret de ne
l'avoir pas revu!

Corisande insistait avec tant d'ardeur,
elle montrait tant de chagrin, qu'elle arracha
le consentement de madame Isabelle. On

lui donna Odon pour la soutenir, et deux hommes pour l'éclairer; il commençait à faire nuit.

On était au mois d'octobre; il avait déjà neigé sur les hautes montagnes : sur celles de la Soule, il tombait ce jour-là de la pluie à torrens. A peine Corisande fut en chemin, que les coups de vent devinrent horribles; les arbres étaient déracinés et jetés avec fracas, et leurs branches brisées se heurtaient; le vent dérangeait le manteau sous lequel elle s'était mise à l'abri, et lui jetait à la figure la pluie glacée. Au détour des rochers, l'ouragan la saisissait; pour n'être pas renversée, elle se prenait aux buis et aux pierres saillantes.

Odon s'arrêtait à tous les pas.

— Il est impossible, disait-il, qu'Ena Corisande aille plus loin; un montagnard y regarderait à deux fois.

— Je veux aller à l'ermitage, répétait toujours Corisande.

Elle se représentait son pauvre vieil ami se mourant dans les ténèbres, au bruit de la tourmente, comme un naufragé, seul, sans une voix humaine qui lui dît qu'il serait pleuré.

— Oh! répétait-elle, hâtons-nous d'arriver à l'ermitage!

Et elle recommençait la lutte terrible, sans que ses forces d'enfant fussent épuisées.

La lumière des torches vacillait sous le verre dont elles étaient entourées, elles finirent par s'éteindre. Tous jetèrent un cri. L'obscurité devint effroyable, d'autant plus profonde que l'on venait d'être éclairé; ils entendaient les bruits affreux du vent qui mugissait, et des eaux qui se précipitaient; le danger devenu invisible saisissait au cœur.

— Sainte Marie de Sarrance ! s'écria Odon, sauvez cette jeune dame! un pas de travers peut la précipiter!

—Qui de vous connaît le mieux le chemin? demanda Corisande.

— Je le connais si bien, répondit un des serviteurs du château, que j'irais les yeux fermés à l'ermitage.

— Eh bien! Fortaner, reprit Corisande, donnez-moi votre ceinture, je vais m'y attacher et vous suivre.

Elle marcha sur les pas de Fortaner; son pied basque ne glissa point sur les ardoises lisses et mouillées. Sa persévérance fut enfin victorieuse : elle arriva à l'ermitage.

— Me voici, dit-elle en entrant.

L'ermite était étendu sur sa natte; Janina était auprès de lui. Adémar s'attendrit en voyant Corisande.

— C'est vous, courageuse enfant!

— Vous savez bien que je devais vous revoir.

— Dieu a voulu que mon dernier moment fût doux, jeune ange! vous êtes comme un messager du ciel... Vous allez me lire les paroles du départ.

Il lui montrait les prières des agonisans.

Corisande prit d'une main qui tremblait d'émotion et de froid le vélin dont l'écriture était encadrée de têtes de morts et d'emblèmes de résurrection.

— Est-ce que dame Aloyse n'a pas envoyé le chapelain? pourquoi n'est-il pas venu avec vous? demanda le solitaire; j'aurais voulu recevoir une dernière absolution, et que la voix du prêtre m'eût béni.

Corisande ordonna à ses gens d'aller chercher le père Isidro; elle voulut qu'ils y allassent tous pour s'entr'aider.

Janina, n'osant rester dans la cellule en

présence de Corisande, allait sortir, lorsqu'Adémar la rappela :

— Jeune femme, je veux vous remercier
de vos soins ; je n'ai pas de biens à vous
souhaiter sur cette terre, pauvre Janina !
Soyez résignée, domptez l'orgueil de votre
cœur qui se révolte sous les lambeaux de la
misère ; encore un peu de temps, et, vous
aussi, vous vous reposerez !

Janina leva vers le ciel un regard d'une
amère tristesse ; puis, le reportant sur l'ermite, elle dit :

— Homme de bien ! je m'appuierai de
toutes vos paroles.

Elle se retira en pleurant.

— Qu'est-ce que l'estime des hommes ?
dit Adémar ; cette femme, objet de mépris,
a une âme belle, une âme qui pourrait aller
avec la vôtre, Ena Corisande.

XXV.

LA BENEDICTION.

L'ermite regardait à la porte avec inquiétude.

— Qui attendez-vous? mon père.

— Quelqu'un qui doit venir chercher ces
papiers précieux pour le jeune sire que
vous avez vu ici et à Bétarram. S'il ne vient
personne, je vous donnerai des explications,
et je me fierai en vous. Priez en attendant.

Elle commença cette solennelle prière des agonisans, et quand elle lut : « Chœur des anges, venez le recevoir! saints du paradis, préparez vos palmes! cieux, ouvrez-vous pour lui! » une joie ineffable se répandit sur la figure du vénérable vieillard.

Dans ce moment, la porte s'ouvrit; Corisande tourna la tête, espérant que ce serait le père Isidro, car son cœur battait d'épouvante à l'idée qu'elle serait seule pour voir mourir Adémar. L'homme qui entrait détacha la *cape* dont il était enveloppé : c'était le page. Corisande s'arrêta dans ses prières; et lui, à sa vue, il s'avança vivement.

— Oh! c'est elle! elle pour qui je suis venu, et que je n'espérais voir que demain.

Corisande montra le mourant; l'expression de bonheur qui animait le jeune page fut

comprimée dès qu'il eut jeté les yeux sur
la livide pâleur de l'ermite.

La voix du jeune homme fit impression
sur Adémar, elle eut le pouvoir de le rappeler à la terre; il tourna vers lui ses yeux
voilés :

— Comment se fait-il que vous soyez là?
ne me trompé-je pas?

— Vous aviez demandé quelqu'un à qui
vous pussiez remettre des notes; j'ai voulu
venir moi-même.

En disant ces derniers mots, le page laissa tomber un regard sur Corisande; mais il
le reporta soudain avec tristesse sur le vieillard à l'agonie.

—O mon digne ami, j'étais loin de m'attendre à vous trouver ainsi!

— La bénédiction des mourans est sacrée,
dit Adémar en faisant un effort pour se
soulever; recevez la mienne! que Dieu apla-

nisse toutes les voies devant vous! soyez
sage et grand! oh! soyez heureux!

Le jeune homme courba la tête sous la
main du solitaire; et, se plaçant à genoux
près de Corisande :

— Bénissez-moi avec elle, mon digne
père!

—Avec elle! reprit le mourant; non,
point avec elle!

Il voulait parler, sa langue ne pouvait
que s'agiter; ses regards exprimaient un
sentiment pénible; il murmura :

— Ne vous revoyez jamais!

Il retomba; sa main resta glacée sur leurs
têtes, les derniers souffles s'exhalèrent avec
peine de sa poitrine; puis, tout cessa.

Corisande regardait ces yeux fixes d'où
la pensée avait fui, ces traits déjà décom-
posés qui ressemblaient à peine à Adémar.
Elle l'appela :

—Mon père! mon père! répondez-moi, ô mon père!

—Il n'est plus! dit le page; et, se penchant vers l'ermite, il ferma pieusement ses paupières.

—Il n'est plus! répéta-t-elle.

Et elle resta stupéfaite, face à face avec la mort; il y avait en elle de la terreur, il y avait du respect. Elle levait les yeux, comme pour suivre cette vie qui se retirait; et son âme plongeait dans cette nouvelle et mystérieuse destinée. Puis, retournant à la figure immobile, elle disait :

—Jamais! jamais de réveil!

Cette pensée domina toutes les autres; quand elle eut bien compris que son ami était perdu pour elle, les larmes arrivèrent en abondance à ses yeux.

Le jeune homme respecta la douleur de Corisande, il la laissa pleurer long-temps;

mais quand il vit sa tête tomber sur sa poitrine, et ses genoux ployer sous elle, il
craignit qu'elle ne fût trop violemment
émue ; il l'appela avec douceur.

Elle se tourna vers lui, fut touchée de
ses larmes, et lui dit :

Il aimait tant ceux qu'il aimait !

— Je serais ingrat, si je n'avais apprécié
ce dévouement d'un vieillard, qui apportait
toute la chaleur d'une jeune âme dans ses
sollicitudes pour moi ; pour moi, il renon-
çait à une solitude qui lui était chère ; il
rentrait dans la société des hommes par qui
sa vie avait été flétrie ; il m'a donné des
conseils d'une haute sagesse et d'un esprit
supérieur. Ah ! je lui dois beaucoup !

Corisande écoutait le page avec un profond intérêt ; elle s'abandonnait tout entière
à ses regrets.

— Adémar, dit-elle, va laisser comme un

abîme dans ma vie; je vais être embarrassée
de mes pensées; il les connaissait toutes.
Oh! mon Dieu, mon Dieu! il est si doux de
s'appuyer sur un être plus sage que nous!
J'allais comme l'enfant qui joue tant qu'il
y a des fleurs, se reposant sur la surveillance
de sa mère pour les mauvais pas. Adémar
était bien vieux, et pourtant il me comprenait; et moi, j'aimais à aller avec lui dans
un monde idéal, plus parfait que celui-ci.
Je sens que tous les jours il m'aurait été
plus nécessaire; je crois comprendre que la
vie devient difficile, à mesure qu'elle se dé-
veloppe. Mon bon père! me voilà deux fois
orpheline!

Dans ce moment, la tempête redoubla
avec une nouvelle furie; c'étaient de grands
éclats de tonnerre; l'ermitage était ébranlé
comme un vaisseau; à chaque secousse, on
pouvait croire qu'il allait être englouti.

— Le chapelain ne viendra pas, s'écria Corisande. Grand Dieu! que serais-je devenue dans cette solitude!...

Et sa voix se perdit dans les sanglots.

Le jeune homme prit ses deux mains froides; elle les lui abandonna : elle ne pensait qu'à l'effroi d'être seule en présence de la mort.

Alors Janina parut, apportant des débris de sapin.

— Nobles seigneurs, dit-elle d'un air timide, me permettez-vous de rallumer le feu?

— Quoi! bonne créature! lui dit Corisande, en la voyant baignée de pluie et grelottante, tu étais dehors par ce temps épouvantable!

— Oh! c'était pour vous! dit Janina.

Lorsque le feu fut rallumé, le page engagea Corisande à s'approcher de la flamme.

— Sèche tes vêtemens, dit Corisande avec bonté à la femme du Cagot.

— Le froid n'est rien pour le Cagot, répondit Janina, il dort sur la terre glacée, et reçoit la pluie du ciel. Qu'est-ce que son existence pour en prendre soin ! sa mort est comme sa vie, il n'a ni fêtes ni funérailles !

En disant ces mots, Janina allait vers la porte.

— Demeure auprès de moi ! s'écria Corisande ; Janina, viens te chauffer ! Je te l'ordonne.

— Pour vous obéir, noble dame, je passerai la nuit dans la chapelle.

Elle y entra, s'assit sous le bénitier, et, l'œil attaché avec reconnaissance sur la jeune châtelaine, elle pria.

XXVI.

LA VEILLÉE.

Corisande et le page étaient assis sur des escabelles, près du feu.

— Quoi! s'écria le page, il existe dans les états de François des êtres aussi infortunés!

— François Phébus ne pourrait rien pour eux, répondit Corisande; enfans d'une race étrangère et vaincue, chrétiens douteux, ac-

cusés de lèpre, les Cagots sont condamnés
par les lois et la tradition.

— On peut corriger les lois et affaiblir les
traditions, dit le jeune homme en se levant.

Alors, il marcha d'un air préoccupé; ensuite il ajouta :

— Il faut d'abord les rendre heureux;
puis ils n'auront plus de lèpre, et croiront
au Christ dans leur reconnaissance.

Il se reprit à marcher en disant :

— Si le roi voit les Cagots de près, il
n'aura plus ni repos ni plaisirs qu'il ne les
ait soulagés; leur misère lui gâterait toutes
ses fêtes, comme un remords.

Puis il se rapprocha de Corisande.

— Vous aideriez au roi, vous, Ena Corisande, vous qui pansez la plaie de l'enfant
et invitez la mère à votre foyer.

Le page reprit sa place sur l'escabelle.

— Je désirais ardemment vous revoir,

poursuivit-il; j'ai chevauché toute la journée comme un insensé : je vous rencontre ici lorsque je me demandais comment je parviendrais jusqu'à vous, et il faut que je sois distrait de mon bonheur par la perte d'un ami et la vue d'une abjection inouïe!

Il secoua la tête.

— Ena Corisande, je crains que ma vie ne se passe ainsi; la coupe enchantée viendra à mes lèvres, et je n'y pourrai toucher!

La voix et les traits du jeune homme étaient pleins de mélancolie. Corisande lui dit avec une profonde sensibilité :

— Seriez-vous malheureux?

Et ses yeux humides interrogeaient l'étranger; ils semblaient dire : j'adopterai vos peines!

— Malheureux! non, répondit le page, on dira même ma destinée brillante; j'espère qu'elle sera utile : toutes ces nobles pensées qui bouillonnent dans l'âme des jeunes hommes, et qui, pour la plupart, restent des rêves, moi je prétends les mettre en action; parfois je crains que la vie ne suffise pas à tous mes projets. Je devrais être satisfait de mon étoile... et, vous le dirai-je, je me surprends à envier le sort du pâtre insouciant ou du chasseur d'isards; ils ne dépendent que de leur volonté : s'ils aiment, ils ont le loisir d'aimer!

Le jeune homme se tut : Corisande retrouva dans ces mots d'une âme tourmentée, le malaise qu'elle avait éprouvé, ces dégoûts de la vie, cette douleur qu'on ignore, ce désir d'un bien insaisissable. La tête appuyée entre ses mains, elle ne répondit pas.

Le page reprit la parole.

— Je dois paraître faible à celle qui a montré un cœur si haut à Bétarram. Oh!

laissez-moi vous dire que, ce jour-là, vous
m'avez révélé tout ce que peut être une
femme ; j'aurais voulu me mettre à genoux
pour le roi, pour cette multitude : il y avait
en moi de quoi payer pour tous !

Les joues de Corisande devinrent écla-
tantes de rougeur.

— D'où vient, demanda le jeune homme,
que la fille du comte de Mauléon prend avec
chaleur la cause du petit-fils d'Éléonore de
Foix ?

— Quand j'étais enfant, j'entendais des
récits de guerre. Si je demandais : Contre qui
ces combats ? on me répondait : Contre les
gens de Navarre ou de Béarn qui ne sont
pas *Beaumonts*. Cela me serrait le cœur : ces
hommes voyaient le sommet de mes montagnes, respiraient le même air que moi;
nous avions été compatriotes!... En grandis-
sant, l'ermite m'apprit à aimer François

Phébus ; il me disait qu'il était le roi légitime de la Navarre ; il me promettait en lui le réparateur de tous les maux. Voilà comment tous mes vœux se sont tournés vers lui.

L'expressive physionomie de Corisande s'animait avec ses paroles ; le jeune homme l'écoutait parler, et la contemplait avec ivresse.

—Connaissez-vous notre roi? demanda Corisande.

— Oui,... répondit-il; et il ajouta : Je puis vous dire que mes courses à l'ermitage ont eu pour objet les intérêts de François.

—Nos pères furent donc ennemis?

—Ils furent ennemis! Ena Corisande; mais nous, nous ne le serons pas!

Les yeux du jeune homme en disaient plus que les mots dont il se servait. Corisande détourna les siens.

Puis elle dit d'un accent timide :

—Votre nom m'est connu sûrement, messire ?

— Mon nom ! le page Austinde, rien qu'un page ; ma famille, je suis contraint de vous la taire encore ; on me dispute mon héritage ; lorsque je l'aurai recouvré, je vous dirai tout ; il faut que j'aie donné quelque valeur à mon nom, pour qu'il passe par votre bouche.

Corisande tressaillit, et, appuyant sa tête sur un autel de pierre, le prie-dieu de l'ermite, elle laissa échapper ces mots :

—Inconnu ! étranger tout-à-fait à moi ! voilà donc tout ce que je me dirai !

— Etranger ! oh ! ce ne peut être, quand tout mon cœur est plein de vous ! quand, depuis le premier jour où je vous ai vue, votre image est là toujours !

—Vous n'êtes pas si seul, dit Corisande, très émue, qu'une inconnue vous occupe ainsi ? n'avez-vous pas d'ami ?

—J'en avais un dans cet homme admirable que nous venons de perdre; ma mère m'aime d'un amour immense, mais ce n'est pas assez encore : j'ai tant besoin d'être aimé! Mes jeunes compagnons ont du dévouement pour ma personne; ils comprennent la vie comme moi; ils se la feraient héroïquement belle; mais, oserais-je leur dire ces troubles, ces amertumes qui saisissent tout-à-coup au milieu de ce qu'ils appellent bonheur? Ah! je le sens, c'est la tendresse d'une femme digne d'amour qu'il me faut; cette tendresse qui va mieux encore à la souffrance qu'à la joie; cette tendresse qui répond à tous les besoins de l'âme et qui complète l'existence!

—Cette femme, vous la rencontrerez, dit-elle précipitamment.

—Je ne la chercherai plus, répondit-il.

Corisande, qui avait levé les yeux vers lui,

les baissa soudain, comme si un éclair eût
passé; c'était le regard brûlant du page
qu'elle fuyait.

— Serai-je plus heureux pour l'avoir
trouvée? ajouta-t-il; faudra-t-il me sentir
seul, et savoir qu'elle existe?

Il y eut un moment de silence. Corisande
se penchait sur l'autel; elle avait beau
vouloir se dérober au regard qui s'attachait
sur elle, elle sentait qu'il était toujours là,
ardent, interrogateur.

Puis, le page reprit en hésitant :

— Ena Corisande, n'avez-vous vu à Mauléon, nul chevalier qui vous ait paru digne
d'être aimé?

— Je ne connais pas de chevaliers.

— Vous éludez ma question, dit-il avec
inquiétude. Oh! répondez-moi! si vous saviez ce qu'est cette réponse; c'est la vie!
c'est la mort!

—Je n'ai vu à Mauléon que les vieux amis de mon père, je les vénère tous.

La belle figure du page rayonna d'espérance ; il se rapprocha de Corisande.

— Et pensez-vous, dit-il, qu'il n'y ait pas un autre sentiment ? N'apprécieriez-vous pas un cœur qui se donnerait à vous, avec toutes ses impressions, tous ses battemens ? un cœur brûlant, mais pur, où vous seriez adorée ? Corisande ! beaucoup de femmes le demanderaient au ciel, et vous, l'accepteriez-vous ?... dites ?

Sa voix était voilée d'émotion. Il continua :

— Comprenez-vous cette âme d'homme fière, impétueuse, que rien ne dompterait, et qui, pour vous, serait frémissante d'amour, dévouée jusqu'à la soumission ?... Oh ! répondez-moi !

—Messire, dit-elle avec beaucoup de trouble, c'est assez ! c'est trop ! Ici, dans ce mo-

ment, ne veuillez pas que je m'occupe d'a-
mour et de chevaliers; ce ne sont pas d'ailleurs entretiens de mon âge.

— A quel âge, donc? s'écria-t-il avec im-
pétuosité. Faut-il attendre d'être flétris par
les chagrins, ou glacés par les années?

La jeune fille, très agitée, rappela, d'un
air suppliant, les regards du jeune Austinde
sur Adémar.

— Ces discours, dit-elle, ne conviennent
pas aux lieux où nous sommes.

— Et qu'importe! reprit-il impétueuse-
ment! qu'importe que ce soit dans la cellule
d'un ermite, près d'un ami mort, au milieu
de la tourmente! que fait tout cela? en quoi
cela peut-il offenser le ciel?... Corisande! il
me semble que je n'aurais pas tant à vous
dire dans des fêtes de cour! ces mots vulgaires qu'elles inspirent vous profaneraient;
il faut que tout ce qui nous environne s'allie

avec nos passions; les miennes sont profondes et sérieuses! la solennité de cette nuit
leur convient.

— Quel est votre nom, messire? de-
manda-t-elle avec autorité; votre nom? qui
êtes-vous?

Le jeune homme s'attrista.

— Ainsi, dit-il avec un peu d'amertume
dans l'accent, c'est le plus ou le moins de
valeur d'un nom qui décidera de vos sentimens!... Qu'il est difficile d'être aimé pour
soi-même! Si j'annonçais un haut rang,
elle ne croirait pas se compromettre en res-
tant là, près de moi! et parce que je n'ai
pas les éperons d'or de la chevalerie, parce
que je n'étale pas un écu blasonné, elle ne
m'écoute point! elle ne veut point savoir
quelle sorte de cœur s'agite sous ce pour-
point modeste!... Des mécomptes avec elle!

— Vous vous méprenez, dit Corisande;

je ne voulais savoir qui vous étiez, que pour vous proposer de venir à Mauléon, et vous présenter à ma tante. Ici je ne pourrais prolonger cet entretien avec quel gentilhomme que ce fût.

— Et moi, je n'irai pas à Mauléon , répondit avec hauteur le jeune homme. Il faut donc que mes paroles soient traduites par votre tante, applaudies par votre sœur, avant d'arriver à vous; il faut l'appareil d'une salle armoriée, une fastueuse présentation. Oh! Corisande !... ici, dans cet étroit et saint asile, près du lit de mort de notre ami, à genoux devant lui et devant Dieu, le cœur plein de foi, les yeux pleins de larmes, nous aurions pu ordonner de notre avenir, si vous l'aviez voulu!

— Oubliez-vous les derniers mots de notre religieux ami : *Ne vous revoyez jamais.*

Il y avait beaucoup de douleur dans ces

paroles de Corisande, qui était tombée à genoux; le front appuyé sur la table sainte, elle pleurait.

— Le ciel ne nous a-t-il pas réunis pour recevoir sa bénédiction? Je ne vois point de barrière entre nous; je n'en veux point!

Puis, se rapprochant du lit funèbre, il dit avec exaltation :

— Adémar! j'en atteste ton esprit qui est devant Dieu! la fille du comte de Mauléon peut se confier à moi! Comment n'avais-tu pas pensé qu'avec elle la gloire serait plus belle, les bienfaits plus doux à répandre!... Adémar! tu voulais mon bonheur, et le trésor que tu avais près de toi, tu ne songeais pas à me le donner!...

Vers la fin, sa voix devint basse et précipitée; quelques paroles isolées arrivèrent jusqu'à Corisande; son cœur battait avec violence; elle devinait que le jeune homme croyait pouvoir aimer et être aimé; il invoquait l'ermite, elle s'attendait qu'Adémar allait se lever pour les bénir ou les séparer. Mais tous les accens, toutes les passions humaines viennent se briser contre l'immobilité de la mort : Adémar était couché jusqu'au dernier jour !.....

Le page revint à Corisande : elle était toujours à genoux, immobile comme la pierre qui soutenait sa tête.

— Vous prierez plus tard ; elles vont être si rares les heures dont je serai maître...

— Oh ! laissez-moi ! dit-elle en levant les yeux d'un air suppliant.

Si l'étranger n'eût pas été si jeune, s'il n'eût pas autant aimé, il aurait pu interpréter favorablement ce regard, ces mots qui demandaient grâce et qui semblaient avouer de la faiblesse devant tant d'amour.

— Me croirez-vous, dit-il, si je vous

donne ma parole que je me ferai connaître
avant peu de temps, et que vous applau-
direz à mon nom ?

Elle attacha son œil humide sur ce front
noblement beau , sur ce regard si ferme et
si pur.

—Je vous crois , répondit-elle.

— Et soyez bénie pour votre confiance !
dit le jeune homme avec transport. Ce n'est
pas tout encore, continua-t-il ; je vous demande une autre grâce : c'est de ne parler
de moi ni à votre tante , ni à votre sœur.

—Oh! le puis-je ?

— Rien que vous et moi , Corisande ! Ne
me citez au jugement de personne; que
tout ce que je vous ai dit aille se confondre
avec vos pensées , pour former une âme à
nous deux !

— Si vous saviez ce qu'est pour moi ma
sœur, ce que je dois à ma tante ?

— Hésiterez-vous encore, si je vous apprends que votre confidence pourrait appeler des périls sur ma tête?

— Messire,... je vous promets de ne point parler de vous.

En ce moment, des hurlemens de loups se firent entendre près de l'ermitage. A ce cri sauvage, horriblement triste, inconnu à Corisande, elle tressaillit et fit un mouvement comme pour se rapprocher du page.

— Grand Dieu! qu'est cela? s'était-elle écriée avec épouvante.

— Rassurez-vous, chère Corisande, ce sont les loups! il n'y a nul danger ici.

Il avait étendu ses bras autour de la taille de Corisande, se donnant la joie d'un mouvement protecteur. Mais, son adoration s'arrêtait là, il ne la touchait pas.

— Toutes les horreurs dans cette nuit! dit Corisande en frissonnant à ces cris la-

mentables, et laissant retomber son front
sur la pierre de l'autel.

— Oh! ne blasphémez pas contre cette
nuit, elle laissera trace dans toute notre
vie! cette nuit nous unit à jamais! Croyez-
vous que vous-même, vous pussiez l'oublier?
vous la rappelleriez-vous sans me voir humble et soumis à vos pieds?

Le cœur de Corisande ne le démentait pas.

— Chère Corisande! oh! oui! chère,
bien chère Corisande!

Elle se leva pour s'éloigner de lui.

— Corisande, si nous étions dehors à
présent, et que ces bêtes furieuses nous
entourassent, auriez-vous peur? ne com-
prendriez-vous pas que j'aurais la force de
vous défendre contre tout ce qu'on peut
craindre?

— Je suis rassurée, dit-elle d'une voix à
peine intelligible.

Elle tremblait, non plus de peur, mais à
cause du jeune homme; ses bras qui semblaient l'entourer, son haleine, son regard,
tout cela lui était comme un cercle de
flamme. Elle s'élança loin de lui, et alla se
mettre à genoux près de la natte où dor-
mait l'ermite; pour se calmer, elle attachait
les yeux sur la tête livide, elle lui disait
dans son cœur :

— O mon père! déjà j'ai besoin de vous!
vous m'auriez dit s'il fallait me laisser aimer,
ou comment il fallait me défendre de lui!...
vous saviez qu'il y avait du danger près de
cet être mystérieux! son regard éblouit,
ses paroles pénètrent! Je ne sais plus ce qui
se passe en moi; il a troublé ma raison :
vous auriez jugé pour moi!

Pendant qu'elle invoquait la sagesse de
l'ermite, le page la nommait doucement
pour la rappeler à lui. Elle se leva, s'avança

vers la porte de la chappelle, et dit à Janina de venir réciter avec elle les prières des morts.

XXVII.

LES FUNÉRAILLES.

Bientôt après, le chapelain entra dans la cellule avec quelques hommes.

— Je me suis hâté, et, malgré tout, j'arrive trop tard, dit-il avec consternation, en voyant que l'ermite n'était plus.

Il raconta qu'il était absent du château lorsqu'on était venu le chercher; quoiqu'il n'eût pas perdu une minute, les chemins

étaient devenus si difficiles, qu'il avait mis
beaucoup de temps à faire le trajet. Le père
Isidro ne se pardonnait pas d'être venu trop
tard, il comptait pour rien les fatigues; cependant il était pâle et harassé. Janina ra-
vivait la flamme, Corisande prenait les man-
teaux; le bon aumônier et sa suite jouissaient
du plaisir de se chauffer, ils parlaient de la
mauvaise nuit et des loups, sans remarquer
qu'ils étaient soignés par la fille du château,
par la femme des Cagots, et que la mort était là.

A l'arrivée des étrangers, le page s'était
retiré dans la chapelle. Janina sortit aussi,
dès qu'elle vit ces hommes se ranimer; elle
prévoyait qu'aussitôt qu'ils pourraient s'occuper d'elle, ce serait pour lui jeter des
mépris.

Lorsque le père Isidro fut réchauffé, il
commença l'office des morts; et tout le
monde à genoux lui répondit.

Alors le page s'approcha sans bruit de Corisande, et, penché vers son oreille, il lui dit :

—Adieu ! pour long-temps peut-être !... Pendant notre séparation , je vais avoir des jours pénibles ; je serai entouré d'êtres mé-chans et ennemis ; je ne pourrai me fier à aucune parole ; il me faudra douter de tout, tout interpréter ; je ne pourrai me laisser aller à ma franchise ; je devrai réprimer jus-qu'aux expressions de mon visage. Lorsque mon âme, pleine de ces dégoûts, voudra vivre, Corisande, elle reviendra vers vous. Ne le voulez-vous pas ? ne pourrais-je pen-ser que vous l'accueillez ?

—Je prierai tous les jours pour vous, répondit-elle.

Il y aurait eu bien des sentimens tendres dans l'expression de son regard, s'il n'eût pris une teinte religieuse en s'élevant vers le ciel.

— Je le veux bien, chère Corisande; di-
riez-vous un nom indifférent dans les momens où votre âme monte vers les Anges!...
Corisande! pardonnez ce que je vais vous
dire! Il viendra de brillans seigneurs à Mauléon; ils réclameront de la pitié pour l'a-
mour qu'ils auront pour vous; serez-vous
toujours indifférente pour les vœux de
tous? ce doute!... oh! c'est comme un
glaive!

— Messire, vous oubliez Dieu et Adémar.
Ah! moi, je penserai long-temps à notre ami
et à ces momens!

— Et vous n'avez rien de plus à me dire
pour me rassurer! c'est là tout!

Elle garda le silence.

—Oh! adieu donc!...

Il fit un profond soupir, la contempla,
s'arrêta sur le seuil, et sortit enfin.

Elle ne le regarda point, ne releva point

la tête ; mais quand elle entendit la porte retomber, elle sentit sa poitrine se soulever, comme si elle étouffait; ses yeux se remplirent de larmes.

—Adieu! dit-elle, à présent qu'il ne pouvait plus l'entendre.

L'homme qui s'éloigne ne doit point mesurer les regrets qu'il laisse à l'adieu qu'on lui fait ; il y a du courage jusqu'à ce qu'il ait passé le seuil de la porte, jusqu'au dernier écho de ses pas : mais alors la solitude envahit tout le cœur; tout reste nu et désolé; c'est lui qui était la parure, le soleil, la vie ! et on n'a pas su ou pas osé le lui dire.

Tout-à-coup Corisande fut saisie d'inquiétude; quoique l'ouragan eût beaucoup diminué, elle craignait pour le page les ténèbres et les sentiers dévastés; ses appréhensions devinrent si vives, qu'elle se sentait étouffée : elle ne put continuer l'office ;

elle se leva et sortit pour respirer. Les
premières lueurs de l'aube se montraient,
le vent était calmé, et les nues déchirées
s'enfuyaient ; de toute la tempête, il n'y
avait que le bruit des eaux. Corisande se
rassura ; mais elle restait dehors, comme
pour veiller au salut du jeune homme. Il
lui semblait parfois entendre une voix humaine demander secours ; elle s'élançait de
ce côté, s'arrêtait palpitante pour écouter,
et la voix changeait de direction. C'était sa
tête fatiguée d'émotions et de veille qui la
trompait.

Janina parut ; elle remontait le sentier.

— Noble dame, dit-elle, le beau seigneur
est en sûreté au bas de la montagne, où il
a trouvé un ami qui l'attendait.

— Tu as été le conduire, Janina ! Depuis
hier, dit Corisande avec effusion, tu m'as
fait toutes sortes de bien !

Janina s'arrêta suffoquée de bonheur.
Elle avait fait du bien!... elle! être inutile,
être répudié de la société! elle avait fait du
bien à sa bienfaitrice! elle pour qui la reconnaissance devait être un sentiment stérile! A présent, pensa Janina, je ne pourrai
plus me dire malheureuse!

La petite cloche de l'ermitage sonna le
glas de mort au matin; elle ressemblait à
l'enfant qui redit des paroles funèbres en
riant, les échos se chargèrent de prolonger
ses sons; ils apprirent aux montagnards que
l'ermite n'était plus, et les gens de la montagne l'apprirent à ceux de la vallée.

Dame Aloyse, qui était venue depuis qu'il
faisait jour avec l'écuyer et les gens du
château, voulait que Corisande allât se reposer.

— Non, répondit la jeune fille, j'ac-
compagnerai Adémar jusqu'au dernier mo-

ment; vous et moi, dame Aloyse, nous représentons sa patrie et sa famille.

Les Basques arrivèrent nombreux, et en habits de deuil, suivant l'usage des funérailles.

— Voyez, disait dame Aloyse à son élève, les hommes vertueux se font partout une famille et une patrie. La religion et la bienfaisance sont les liens de la race humaine.

Adémar, qui peut-être avait été un grand capitaine, qui avait eu un nom redouté, dont les armes parlantes avaient eu de l'éclat; cet homme qui avait été beau, sans doute aimé, qui avait joûté pour les dames, et avait reçu de nobles gages; ce gentilhomme châtelain avec tours et forteresses, qui s'était trouvé en compagnie de rois, face à face avec l'Anglais; héros de périlleuses aventures et de passions terribles, un simple chapelain lui psalmodiait dans le désert, entre de simples villageois, les prières des trépassés !

La petite bougie jaune des femmes basques brûlait seule auprès de lui.

Il fut porté sur l'épaule de quatre pauvres bergers, descendu dans la fosse sans qu'on sût ni son nom, ni sa vie, sans curiosité de l'apprendre.

Enseveli dans une humble bière, un coffre de plomb ne devait pas défendre ses restes mortels !

Mais les larmes de la reconnaissance lui firent une oraison funèbre, et son âme, purifiée par les douleurs et la pénitence, rayonna dans les cieux !

Après la dernière pelletée de terre, après le dernier *qu'il repose en paix*, Corisande se retira ; elle arriva au château brisée de fatigue.

— Cruelle enfant! disait madame Isabelle en la pressant dans ses bras.

— Ma sœur, disait Blanche, vous m'avez fait mourir d'effroi cette nuit!

XXVIII.

L'ÉCUYER.

Trois mois venaient de s'écouler : on était en plein hiver, non pas cet hiver de Paris, brumeux, terne, sans poésie, à qui sied bien l'emblème du vieillard courbé et tremblotant ; mais l'hiver des Pyrénées, empire du génie des tempêtes, puissant démon qui soulève les vagues de l'Océan, mêle les ton-

nerres au fracas des grandes eaux, ébranle
les masses de granit qui tombent et vont
faire retentir les profondeurs des vallées.
La nature, dans ces hivers des Pyrénées, est
sublime de terreur et de force, et quand les
vents et les cataractes s'apaisent, la neige
descend gracieuse et sans bruit, comme le
duvet du cygne; elle reste suspendue en
formes élégantes et bizarres aux branches
noires des sapins : tout est silencieux; on
dirait un sommeil enchanté au milieu de
féeries, au milieu de colonnes, de festons et
de guirlandes de cristal.

Pendant ces trois mois de scènes variées,
ces trois mois aussi favorables aux rêveries
passionnées que les brises du printemps, nul
évènement n'était arrivé au château de
Mauléon; on n'avait point de nouvelles du
comte de Lérin; on disait seulement que
le prince de Béarn était en Navarre, où ses

partisans augmentaient tous les jours. Corisande ne savait rien du page.

La jeune vicomtesse était tour à tour confiante et désolée, souvent seule, souvent se plaignant à sa sœur. Corisande l'écoutait, parfois avec distraction, et pourtant déjà elle savait mieux la comprendre. Cette nuit mémorable de l'ermitage avait laissé une empreinte ineffaçable; elle se redisait les paroles du page; elle qui avait voulu ne pas les entendre, n'en avait oublié aucune. Elle se rappelait les inflexions de sa voix; cet accent contenu, qui s'exhalait parfois comme une flamme; ces mots dits bas, murmure plus doux que toute harmonie, que l'oreille avait retenus, qui vibraient dans le silence, et dominaient tous les bruits. Le regard du page la troublait comme s'il eût été là; elle ne comprenait pas la magie de ce regard qui avait le pouvoir de

remuer l'âme; elle priait pour le page, ainsi
qu'elle le lui avait promis; dans la journée,
elle se disait à tout instant : C'est peut-être
à cette heure qu'il éprouve les ennuis dont
il m'a parlé; il serait soulagé s'il savait que
je le plains. Elle se disait encore : Il a tant
besoin d'être aimé! qui l'aimera? qui saura
l'aimer? Et elle s'abandonnait imprudem-
ment à se raconter comment il faudrait
l'aimer.

Lorsqu'il y avait des étrangers à Mauléon, si on venait à parler des héritiers des
grandes maisons de Béarn ou de Navarre,
elle suspendait son travail pour écouter; si
on disait que ces jeunes seigneurs étaient
de figures communes et de caractères sauvages, elle devenait indifférente; si on parlait
de jouvenceaux à la tournure noble et aux
traits gracieux, elle pensait : c'est *lui;* et si
on ajoutait : son cœur est léger et sa foi peu

sûre, elle respirait à peine ; puis, elle hasardait timidement quelques questions, et
retombait dans l'incertitude, lorsque les ré-
ponses lui prouvaient que celui qui l'occupait sans cesse était inconnu à tous. Oh! se
disait-elle avec effroi, il n'est pas Béarnais,
m'aurait-il trompée! serait-il du pays de
France, où les hommes séduisent par gen-
tillesses et oublient avec déloyauté! Alors
elle s'inquiétait des derniers mots d'Adémar, et y cherchait l'explication de ce nom
qui voulait être caché.

Un jour du mois de février, madame Isabelle, assise près de la large cheminée, tournait sur sa quenouille de buis, ciselée et
dorée, du lin de Lescar doux et blond
comme de la soie; Blanche lisait haut, par
son ordre, les chartes béarnaises, dont
voici le commencement :

« Ce sont ici les fors de Béarn dans les-

quels il est fait mention qu'anciennement
en Béarn il n'y avait pas de seigneurs; et
dans ce temps, ils entendirent parler avec
éloge d'un chevalier en Bigorre; ils allèrent
le chercher, et ils en firent leur seigneur
pendant un an, et après il ne voulut les
tenir en leurs fors et coutumes; et la cour
de Béarn s'assembla alors à Pau, et ils le
requirent de les tenir en fors et coutumes,
et lui ne voulut pas, et alors ils le tuèrent
en pleine cour.

» *Item*, après on leur parla avec éloge
d'un chevalier d'Auvergne, et ils l'allèrent
chercher, et le firent seignéur pendant deux
ans; et puis après il se montra trop orgueilleux, et ne les voulut tenir en fors et coutumes, et la cour alors le fit tuer sur le
pont de Saranh par un écuyer qui le frappa
par derrière d'un grand coup de pique.

» *Item*, après encore ils entendirent par-

ler avec éloge d'un chevalier en Catalogne,
lequel avait eu de sa femme deux enfans en
une seule fois; et les gens de Béarn eurent
conseil entre eux, et envoyèrent deux gentilshommes de la terre, pour demander un
de ces enfans pour leur seigneur; et quand
ils furent là, ils allèrent les voir, et les
trouvèrent tous deux endormis, l'un mains
fermées, et l'autre mains ouvertes, et ils
s'en vinrent avec celui qui avait les mains
ouvertes. »

— Et les Béarnais, s'écria dame Aloyse,
ont l'insolence de lire le commencement de
ce for à chaque nouveau souverain comme
une menace!

— Comme une leçon, répondit madame
Isabelle; mais si les Béarnais se montrent
jaloux de leurs priviléges, ils sont, il faut en
convenir, fidèles et dévoués à leurs princes.

Pendant la lecture, Corisande appuyée

contre les vitraux taillés à facettes et enca-
drés dans du plomb, regardait dans la
cour.

— On baisse le pont-levis, dit-elle, voilà
deux cavaliers qui entrent : ce sont des Espagnols.

Peu après, Odon vint annoncer que l'é-
cuyer du comte de Lérin demandait la permission de se présenter devant les dames.

— L'écuyer du comte de Lérin! s'écrièrent les jeunes filles en tressaillant.

— Faites entrer l'écuyer, répondit madame Isabelle un peu émue.

— Pauvre Blanche! dit Corisande en prenant les mains froides de sa sœur.

— Du courage, mon enfant, continua madame Isabelle; les Mauléon doivent toujours se montrer supérieurs aux évènemens.

— Ah! je ne suis pas digne de ma race!
dit Blanche avec un mouvement convulsif.

On entendit les pas mesurés de l'écuyer.

— Au nom de Dieu, chère sœur! contraignez-vous devant cet homme!

L'écuyer du comte entra; il s'inclina respectueusement devant madame Isabelle et les demoiselles.

— Son excellence, Louis de Beaumont, comte de Lérin, connétable de Navarre, dit-il, m'a envoyé présenter ses hommages aux nobles dames de Mauléon, et remettre cette lettre à madame Isabelle.

— C'est vous, seigneur Bermudez? dit madame Isabelle d'un ton affable; il y a longtemps qu'on ne vous avait vu au château de Mauléon.

— Le Connétable m'a occupé auprès de lui, madame.

— J'espère que son excellence se porte bien?

— Grâce à Dieu, sa santé est plus forte

que les fatigues qu'il recherche chaque jour.

— La gloire double les forces, reprit madame Isabelle avec intérêt.

— Aussi la gloire est souvent la seule récompense d'immenses travaux.

— Mon noble cousin, n'est-il pas connétable?

— Connétable après Péralta, après d'autres qui n'avaient d'autre mérite que leur nom.

— Cette dignité, la première du royaume, augmente l'influence du comte.

— Influence qui tient à sa personne, et non à sa dignité, reprit Bermudez avec dédain; au reste, ajouta-t-il, il paraît que les seigneurs navarrais trouvent qu'ils ont fait assez pour leur chef, car ils traitent chaque jour séparément avec ce roi en bavette que leur donne le Béarn.

— Ah! mon frère! dit madame Isabelle en jetant un regard sur le portrait du comte Bertrand.

— Le Connétable m'a prescrit, continua Bermudez, de m'informer particulièrement des nouvelles des nobles filles de son ami, le comte de Mauléon.

La vicomtesse était incapable de faire un mouvement ni de prononcer une parole. Corisande se hâta de répondre pour elle par une inclinaison de tête, et de demander en cherchant ses mots :

— Où est le Connétable dans ce moment?

— A Pampelune, madame.

Corisande, en examinant Bermudez, reconnut bien l'Espagnol qui alimentait la fureur du peuple à Bétarram; c'étaient ses joues pâles, ses moustaches rousses et épaisses, ses yeux gris ne s'ouvrant qu'à moitié, cómme si l'éclat du jour les blessait, en trahissant la pensée qu'il voulait cacher; de son côté, Bermudez attachait son regard sur Corisande. Elle ne put soutenir l'expression malveillante qu'il mettait dans son examen; sans savoir pourquoi, elle baissa les yeux avec un sentiment de malaise.

Puis Bermudez, dans l'attitude respectueuse de quelqu'un qui s'incline, porta son attention comme un trait sur Blanche immobile; il considéra un moment l'angoisse peinte sur sa figure, et il lui dit d'une voix emmiellée :

— Madame a-t-elle entendu la commission dont m'a chargé le comte de Lérin?

— Ma sœur est souffrante, dit vivement Corisande.

Et comme Bermudez étudiait toujours les mouvemens douloureux et mal contraints qui se succédaient sur la figure de la vicomtesse, Corisande reprit impatiemment :

— Allez, seigneur Bermudez, allez vous reposer dans votre appartement.

— J'attendais l'ordre de madame Isabelle et celui de la vicomtesse de Soule pour me retirer, répondit Bermudez avec cet air poliment insolent qui ne permet pas de se fâcher, mais qui offense d'autant plus.

— Sûrement, répliqua madame Isabelle, allez vous reposer; j'étais préoccupée de la mauvaise tournure de nos affaires en Navarre.

— Comment cela ne serait-il pas, madame, lorsque les femmes elles-mêmes prêchent une croisade en faveur du Béarnais?

Corisande dédaigna de répondre; elle ne pensait qu'à sa sœur, qui paraissait ne pouvoir plus supporter cet entretien.

Madame Isabelle, qui n'avait pas compris l'intention de Bermudez, fit un geste gracieux pour lui donner congé.

Il sortit.

XXIX.

COMBATS.

— La présence de cet homme suffoque comme un cauchemar, s'écria Corisande.

Blanche, sans parler, montra la lettre que tenait madame Isabelle.

Madame Isabelle rompit le sceau du Connétable.

— Voulez-vous lire, Corisande ?

Corisande prit la lettre; mais avant d'en

faire la lecture tout haut, elle la parcourut,
et s'arrêta avec un grand trouble. Sa sœur
et sa tante suivaient ses mouvemens.

— Eh bien ! Corisande ?

— Eh bien... il s'annonce... il sera ici dans
un mois.

— Le Connétable ? il va venir ? O mon
dieu ! dit Blanche en tremblant de toutes ses
forces.

— C'est peut-être pour dégager sa parole,
dit dame Aloyse.

— Impossible ! s'écria madame Isabelle.

— C'est comme mon père l'a voulu, Blanche, reprit Corisande.

— Lisez tout ce qu'il y a, dit Blanche
d'une voix éteinte.

— Il demande positivement votre main.
Blanche tomba évanouie.

— Ma sœur ! ma Blanche ! criait Corisande au désespoir.

Dame Aloyse s'élançait pour appeler du secours, madame Isabelle l'arrêta :

— Que personne ne se doute de ceci, lui dit-elle.

On transporta Blanche dans sa chambre; on la mit sur son lit. Les soins qu'on multiplia la firent revenir, mais alors commença une scène déchirante. Dame Aloyse lui parlait de vertu. Dans sa détresse, elle s'adressait à sa patronne martyre, et à l'homme Dieu couronné d'épines, dont les images étaient dans la ruelle du lit. Madame Isabelle lui rappelait doucement les devoirs d'une femme qui portait le nom de Mauléon; Corisande pleurait et la pressait sur son cœur.

Blanche n'entendait rien; elle redisait à travers des sanglots :

—Cet homme me glace d'effroi! je ne puis être sa femme, j'en aime un autre!... J'aime Joan, vous dis-je; comment voulez-

vous que j'épouse le comte de Lérin?...
Vous ne comprenez pas cela!

Le chapelain, qu'on avait fait appeler,
entra. Le père Isidro était bon, compatis-
sant pour les maux qu'il comprenait, im-
pitoyable pour ceux qui lui paraissaient
déraisonnables; il trouvait qu'il ne valait
pas la peine de dire beaucoup sur un amour
mal placé; en présence d'un devoir, il pro-
nonçait : *C'est l'ordre de Dieu, ainsi est
faite la vie;* il s'étonnait qu'on pût lutter
contre de tels arrêts.

— Que vois-je! Ena Blanche? dit-il en
s'approchant de la vicomtesse; pourquoi
pleurer, quand votre conduite est si simple et que vos devoirs sont si précis? Vous
ne voulez pas rendre votre père parjure?

— Oh! non, non!

— Eh bien! jeune dame, il faut donc
épouser le comte de Lérin.

— Je l'épouserai, dit Blanche d'un ton glacé, je l'épouserai... L'honneur de mon père sera sauvé; moi, je mourrai... A présent, laissez-moi tous.

— Oui, retirons-nous, dit madame Isabelle; ne laissons que sa sœur avec elle.

— Je ne veux personne avec moi, répliqua sèchement Blanche.

— Quoi! pas même moi?

— Non, pas vous, ma sœur; il n'y a plus rien pour vous dans mon âme, on en a fait un désert.

Il ne restait plus que Corisande dans l'appartement.

— O Blanche! dit-elle, je ne m'en irai pas, ma Blanche; je suis frappée du même coup que toi, vois-tu; il faut que je reste.

— Je le sais, répondit la vicomtesse, vous me pleurerez, mais votre pitié sera stérile.

— N'est-ce donc rien, dit Corisande toute en pleurs, que de se sentir aimée, de voir sa douleur partagée?

— Vous aurez de la raison pour moi; il vous paraîtra facile que je me console.

— Je ne sais pas si je penserai cela un jour, à présent je suis accablée comme vous.

— Elle croit sentir ce que je sens! s'écria Blanche. Tu ne sais donc pas, Corisande, que je vais mourir!... Prends le deuil, ma sœur; cette noce ne se fera point! ma parure de mariée sera pour le cercueil!

Blanche ne pleurait plus; elle était pâle, elle avait l'air d'une sibylle qui connaît les secrets de la tombe.

— Elle mourra! s'écria Corisande en délire; un moyen de la sauver!

— Oh! si tu avais été l'aînée, dit Blanche, tu n'aurais pas eu mon horreur pour le comte de Lérin; tu aurais été fière de lui peut-être;

moi, j'aurais suivi le penchant de mon cœur en épousant Joan : tout aurait été bien.

Corisande ne répondit pas.

—Oh! si tu avais été l'aînée, continuait Blanche, j'aurais joui de ma jeunesse, je ne me serais pas vue condamner à mort avant le temps!

—C'est donc vrai! tu veux mourir! demanda Corisande d'une voix pleine d'angoisses; ma tante et moi nous ne te sommes plus rien?

—Non, rien ne m'est plus.

—Tu sais pourtant que tu es ma vie! reste près de nous, mon ange, nous t'aimons tant!

—Corisande, du haut du ciel je t'aimerai encore; sur cette terre, tout est fini; c'est beaucoup, si dans mon désespoir, je ne maudis pas tout ce qui se lie à ma déplorable existence!

— Oh! c'est trop! murmura la douce
Corisande.

— Vous l'avez tous voulu, en ne me donnant aucun moyen de salut.

Blanche poursuivit :

— Eh! pensez-vous que mon père soit
avec les bienheureux? non, il est cause de
la perdition de mon âme! Parjures tous les
deux!... Mourir réprouvée! elles étaient légères les taches de ma vie! des péchés vé-
niels! disait le père Isidro; à présent parjure, désobéissante, maudite!

L'exaltation de la jeune vicomtesse s'ac-
croissait, ses joues étaient colorées d'un rouge
ardent, ses regards devenaient égarés, ses
paroles incohérentes; elle avait le délire ef-
frayant d'une fièvre allumée par le désespoir.

On entourait son lit, on lui parlait sans
être compris, et toutes les caresses de l'a-
mitié retombaient sans avoir été senties;

mais elle, dans son égarement, restait har-
celée par les mêmes images : c'était Joan
qui l'appelait, Joan qui la cherchait parmi
les ossemens du charnier; c'étaient des figures grimaçantes, des démons hideux,
des fantômes sans nom qui lui servaient
d'escorte pour ses noces; c'était le comte de
Lérin, froid comme un spectre, qui lui gla-
çait le cœur avec sa main sépulcrale, et lui
envoyait, avec son souffle, des paroles
d'un autre monde qui la faisaient crier
d'effroi.

Puis, elle repoussait sa tante, se plaignant qu'elle l'étreignît de chaînes de feu,
et lui jetât des maléfices; après, c'étaient
d'épouvantables reproches à son père qui
l'emportait dans la bouche béante des
enfers; mais toujours ses regards sup-
plians, et ses bras tendus vers sa sœur,
requéraient son secours pour retrouver sa

jeunesse, sa beauté, son Joan, tout son avenir sur la terre, et sa part du ciel.

La famille éplorée consultait le mire in-
terdit, qui parlait déjà d'exorcisme, jugeant
cet état au-dessus de sa science. Le chapelain jetait l'eau bénite et agitait le crucifix
pour chasser les noires visions, Corisande
n'avait plus de larmes et s'enfuyait, n'y pouvant plus tenir.

L'accès dura vingt heures; après quoi
Blanche reconnut sa famille et resta épui-
sée. Vers le soir du second jour, Corisande,
penchée sur le lit de sa sœur, épiait un de
ses regards, et hasardait en vain des mots
remplis des angoisses qu'elle avait éprou-
vées; la malade semblait ne pas les entendre;
mais tout-à-coup elle se souleva sur le
coude.

—Corisande, dit-elle, écoutez mes dernières volontés, et jurez-moi que vous

les ferez respecter quand je ne serai plus.

—Oh! tu es mieux! le mire dit que tu es
bien.

— Est-ce que le mire sait quelque chose
du mal que donne le chagrin? je sais ce qui
en est, moi! Prends la lumière, approche-
la; est-ce que tu ne vois pas la mort sur
mes traits?

Corisande s'épouvanta en voyant cette
jeune figure si changée; un cercle noir
cernait les yeux, et tombait sur les joues
d'un blanc mat. Son cœur lui dit que c'en
était fait, et que la mort avait réellement
marqué sa proie; le flambeau échappa
de ses mains, elle ne put que sangloter ces
paroles :

— Mon Dieu! mon Dieu! sauvez-moi de
cette douleur! Les enfans d'un même père
et d'une même mère sont nés pour vivre
ensemble, ils doivent mourir à la fois!

Blanche! emmène-moi! que veux-tu que je devienne seule?

— Comment veux-tu me suivre? toi si pleine de force et de vie? toi que la douleur n'a pas déracinée.

— Et n'ai-je pas ta douleur? n'ai-je pas été battue par tout ce que tu as souffert?

Blanche fit un sourire d'incrédulité, puis elle dit :

— Je ne veux pas être transportée en Navarre, dans le caveau de mes ancêtres; la terre de Navarre me serait lourde, et peut-être que mon âme serait forcée de venir demander merci pour ma pauvre dépouille.

A ce dire étrange, Corisande crut que le délire reprenait à sa sœur.

Blanche continua :

— Je ne veux pas être auprès de mon père; gardez-moi à Mauléon; cette terre m'a été douce jusqu'à cette heure, je m'y trouverai bien...Corisande, prenez des ciseaux, coupez une boucle de mes cheveux, vous l'enverrez à Joan, à Joan mon seul amour!... Puis-je compter sur vous ? .

Corisande, frissonnant à chaque expression funèbre de ce testament, ne pouvait répondre; sa langue était glacée, elle ne put que faire entendre des sons plaintifs.

— Elle a cru m'aimer! dit Blanche avec amertume, oh! ce n'est rien l'amitié, puisque celle de Corisande a été impuissante.

Corisande, à genoux près du lit, joignit ses mains.

— Dis, quand mon amitié a-t-elle fait défaut? est-il un instant où je ne t'aie aimée plus que moi-même! j'avais adopté ton âme et je m'en servais plus que de la mienne, tu le sais bien, ô ma sœur! ô ma sœur!

— Tu aurais pu me sauver, reprit Blanche et tu ne l'as pas fait; tu le pourrais peut-

être encore... mais tu ne veux pas me comprendre.

— Pour te sauver que faut-il faire? parle,
dit Corisande d'une voix plus affaiblie que
celle de sa sœur.

— Tu ne peux avoir d'objection contre
le Connétable? Je n'en aurais pas moi, si je
n'avais juré à Joan d'être à lui. Ces sermens,
il faut les tenir ou mourir! mais toi qui ne
sais ce que c'est que l'amour!

Corisande remua les lèvres pour dire :
j'aime : mais de qui allait-elle parler? d'un
être dont elle ne savait ni le pays, ni le
rang, ni le nom; un être dont elle était
séparée par les dernières paroles d'un
homme saint; et en avouant cet amour dans
l'ombre, oserait-elle dire qu'elle était aimée?
aurait-elle cet appui, cette excuse qui répond à tout? ne s'était-il pas écoulé des
mois depuis leur dernière entrevue, et de-

puis lors, le silence du page avait amené à
ses paupières les larmes de la honte, autant
que celle du regret! N'être pas aimée? ce
doute lui ferma la bouche, arrêta toute ré-
vélation; le découragement la prit, elle
inclina la tête.

— Je te comprends, dit-elle.

XXX.

DÉVOUEMENT.

Elle se leva, alla appuyer son front brûlant sur le marbre de la cheminée; son
cœur battait à l'étouffer; il y avait en elle
une lutte terrible... elle déroula sa vie, et
la frappa d'un sceau de malheur. Ce n'était
pas assez que de se dévouer au veuvage
de toutes les joies intimes; elle prenait
encore volontairement une chaîne pour s'en

étreindre depuis la tête, où sont les pensées, jusques au cœur qui aime, jusques aux
pieds qui donnent la liberté de fuir; elle re-
mettait le bout de cette chaîne à un homme
détesté, pour être menée comme il en déci-
derait, mais toujours sous son regard,
sous sa volonté, sous son souffle, pour être
menée et flétrie!

Elle vit tout cela, et le comprit bien de
toute la force de son âme fière et tendre.
Alors ce front angélique, qui n'avait jamais
reflété que de douces images, se mouilla de
sueur; c'était de l'agonie, un adieu au jour,
au moment de se renfermer dans les cata-
combes.

Elle retourna lentement près du lit; le
parti était pris; ma sœur vivra... heureuse!

— Blanche ! dit-elle, supporte le bonheur mieux que l'adversité... Tu seras unie
à ton Joan.

— Comment l'entends-tu? s'écria Blanche, s'asseyant sur son lit, ouvrant de grands yeux, où l'espoir se mêlait à la crainte.

— A ta place je deviendrai vicomtesse de Soule.

— Pour épouser le Connétable?

— Oui... je l'épouserai.

Blanche jeta un cri d'une joie souffrante; elle retomba comme tuée par cette nouvelle émotion. Corisande lui donna de l'air, puis, en lui continuant des soins, son accent si doux, si mélancolique, tombait sur elle pour tempérer ses sensations, comme aurait pu le faire un chant de la sainte semaine, un soupir de l'orgue; les larmes arrivèrent au secours de la malade.

Enfin, tendant les bras vers Corisande :

— Ma sœur bien-aimée! ma libératrice!

Et elle pressait Corisande sur son sein,

sans s'apercevoir que de longs frissons la
faisaient tressaillir.

— Calme-toi ! répétait Corisande.

— Tu assures mon bonheur en ce monde,
et mon repos éternel !

— Répète-moi bien cela , dit Corisande
en cachant sa tête sur l'épaule de sa sœur.

—Corisande, tu seras vicomtesse de Soule,
comtesse de Lérin , femme d'un Connétable !
Oh ! tous ces titres t'iront mieux qu'à moi !
moi , je serai simple dame , châtelaine d'Arthez , mais je serai heureuse ! oh ! heureuse !

Corisande se dégagea des bras de sa sœur;
cette scène devenait trop longue.

—Où vas-tu ? demanda Blanche; les forces
et la santé me reviennent. Causons de notre
avenir.

Une des femmes de madame Isabelle entra pour demander Corisande de la part de
sa tante.

— Va lui faire part de nos conventions,
dit Blanche, et ne reviens qu'après les lui
avoir fait agréer.

Corisande baissa la tète en signe d'assen-
timent ; elle sortit, et s'arrêta à la fenêtre
d'une galerie pour reprendre haleine ; elle
présentait son front à la bise froide qui
soufflait, et elle essuyait sans cesse sur ses
joues des larmes chaudes et amères ; un
second message lui fut envoyé.

En entrant au salon, elle trouva madame
Isabelle très agitée, prête à dicter au chapelain une lettre pour le Connétable.

— Oui, disait le père Isidro, il faut se
servir du prétexte de la maladie de madame
la vicomtesse pour obtenir un retard.

Mademoiselle de Mauléon répondait :

— Il demande la main d'Ena Blanche, il
faut une réponse positive.

— Ne pourrait-on pas avouer qu'Ena

Blanche s'était attachée au sire d'Andoins,
avant d'avoir connu le vœu de son père? demanda la bonne Aloyse qui plaignait son
élève; peut-être que le comte de Lérin re-
noncerait à une alliance qu'il ne poursuit
que par point d'honneur.

— Avouer que la fille du comte de Mauléon a donné sa foi sans discernement!
manquer à la parole de mon frère! le point
d'honneur est là aussi pour nous, dame
Aloyse! et voilà ce qui fait mon désespoir!...
cependant si cette jeune fille est malheureuse
jusqu'à en mourir!... que le ciel m'inspire!

Alors, apercevant Corisande qui cherchait
à affermir sa voix avant que de parler :

— Ma nièce, je vous ai fait quérir pour
que vous me disiez en conscience et sans
coupable pitié l'état de votre sœur. Elle vous
ouvre son âme; croyez-vous qu'elle puisse
vaincre son funeste amour?

— *Vaincre son amour !* dit le père Isidro avec un geste dédaigneux, expressions de femmelettes... pardonnez à mon zèle... *amour !* dites caprice, mutinerie d'enfant, ce brin de paille jeté à la flamme.

— Ma tante, dit Corisande en s'appuyant sur le dos du fauteuil de madame Isabelle, et lui dérobant ainsi son visage, ma tante, tout peut s'arranger si vous acceptez ma proposition comme l'a fait Blanche.

— Quelle est-elle? demanda madame Isabelle.

— Ma sœur me cède ses droits d'aînesse, à condition que j'épouserai le comte de Lérin à sa place.

— Comment dites-vous cela? Corisande.

Corisande recommença péniblement.

— Si Blanche me cède ses biens et son rang, je deviendrai l'aînée ; en épousant le Connétable, je remplis le désir de mon

père, qui est de s'allier à lui et de lui apporter la fortune de notre maison.

Madame Isabelle et le chapelain se regardèrent.

— Cela peut-il se faire ? demanda madame
Isabelle.

— Je n'y vois pas d'inconvéniens, reprit
le père Isidro, pourvu que Louis de Beaumont y consente.

— Il n'aura pas lieu de se plaindre, dit
madame Isabelle en attirant Corisande vis-
à-vis d'elle, et la regardant avec complaisance. Dites-moi, mon enfant, comment
cette idée vous est venue ?

— Il fallait avoir l'esprit fasciné comme
sa sœur, répliqua le chapelain, pour n'être
pas fière de ce mariage. Jeune dame, vous
avez le cœur placé haut.

Madame Isabelle reprit en souriant, laissant percer toute sa satisfaction :

— J'avais toujours pensé que ma Corisande était destinée à un rang illustre ;
n'est-ce pas qu'elle représentera bien comme
femme du chef des Beaumonts ?

A ce nom des *Beaumonts*, le cœur de Corisande bondit.

— Ena Corisande est-elle bien sûre de
ses forces ? demanda Aloyse qui se rappelait
la conversation de l'ermite et de Corisande,
et qui démêlait ses combats sur sa physionomie altérée.

— C'est écrit là-haut, dame Aloyse, dit
lentement Corisande.

Dame Aloyse répondit par un regard d'admiration.

— Demandez plutôt si Ena Blanche n'aura
pas de regrets un jour, répliqua madame
Isabelle ; elle se dépouille et d'honneurs et
de richesses ; Joan d'Andoins, quoique baron de Béarn, est de chétive fortune en

comparaison de Louis de Beaumont, connétable de Navarre.

—L'amour tiendra lieu de tout à Blanche, ma tante, répondit Corisande; elle se croira mieux traitée que moi.

— L'amour passe comme la jeunesse et la beauté, Corisande; mais le rang et les grands biens embellissent l'âge mûr, ils se transmettent avec orgueil aux descendans.

—Parlerons-nous dans cette lettre des dispositions des deux sœurs? demanda le chapelain.

—Non, répondit madame Isabelle après un peu de réflexion; écrivons au comte que l'alliance projetée entre les deux maisons aura lieu quand il le jugera convenable, et que nous attendons son arrivée avec impatience.

—Dieu soit béni! ajouta-t-elle, tout ceci tourne suivant mes désirs! Vous avez été bien inspirée, mon enfant, dit-elle en baisant Corisande au front.

Corisande demanda à sa tante la permission d'aller retrouver sa sœur.

—C'est l'âme de son père, dit madame Isabelle lorsque Corisande ferma la porte; grande et ambitieuse!

Oh! si l'on eût vu la jeune fille traverser en chancelant les corridors et les galeries, sa tête penchée, étouffant des pleurs, on aurait pris pitié de la victime!

Blanche accueillit le retour de Corisande avec des exclamations de joie. Quand elle l'eut écoutée :

— Vous valez mille fois mieux que moi, ma sœur; le Connétable sera trop heureux de vous avoir à ma place... Ma sœur bien-aimée, continua-t-elle, j'ai beaucoup de pardons à vous demander; j'ai été souvent rude pour vous, le chagrin me dénaturait...

Tu as beaucoup de douceur, ma Corisande!

— Je souffrais pour toi, Blanche, voilà tout.

Le chagrin reste au fond du cœur de l'homme comme dans un sol qui lui appartient; la joie, au contraire, n'est point faite pour lui, il faut qu'elle se répande au-dehors.

Blanche recommença vingt fois à dire à sa sœur la lettre qu'elle écrirait au sire d'Andoins, le bonheur qu'il aurait à la recevoir.

— Je n'aurai point tant de vassaux à lui apporter, disait-elle; mais je connais Joan, il se félicitera de cette parité de fortune, il m'aimera avec plus d'abandon.

Puis elle ordonnait les noces.

— Elles auront lieu le même jour.

— Assez, assez! s'écria Corisande, ne parlons pas de notre avenir!

Blanche vint à s'endormir, elle poursui-

vit peut-être ses doux rêves. Corisande se
trouva seule enfin; et, dans le silence de la
nuit, durant ses longues heures d'insomnie,
elle pleura sur elle et sur le courage cruel
qui l'offrait en holocauste.

— Pourrai-je aller jusqu'au bout? disait-
elle. Adieu! adieu, tout!... ma vie, adieu!...
La douleur et moi nous avons fait un pacte...
bien long!... je suis si jeune!... Toi seul, ô
mon Dieu! sauras ce qui se passe dans ce
cœur désolé! personne n'en devinera les
déchiremens! Ah! ces couronnes dont ils
me croient éprise se changeront sur ma tête
en épines aiguës!...

Adémar, j'ai fait ce que tu voulais, je t'ai
compris : *dévouement, désintéressement de
soi-même.* Tu me dirais que j'ai bien fait;
comment peut-on tant souffrir en faisant
bien?..... Et *lui* ne me trouvera plus! lui
aussi croira que les honneurs m'ont sé-

duite, il croira que je me suis lassée de
l'attendre !

Jamais l'image du page ne s'était montrée
à elle ni si passionnée, ni avec tant de sé-
ductions ; elle se prit à croire à l'amour qu'il
avait pour elle ; elle se révélait à elle-même
l'impression dévorante qu'il avait faite sur
son cœur ; elle l'aurait aimé dans la cabane
de Janina, sous la marque des Cagots !...
Tout d'un coup il lui semblait voir la terre
partagée en deux régions : l'une, chaude,
inondée de soleils et d'étoiles, celle de l'a-
mour ; l'autre, un chaos froid et sans forme
où était l'isolement, et là le comte de Lérin
lui apparaissait avec sa parole brève et sa
poitrine de marbre.

Et la malheureuse enfant mettait ses deux
mains sur sa bouche pour que ses sanglots
ne fussent pas entendus.

Au matin, dès qu'elle fut levée, elle des-

cendit à la chapelle du château. A genoux,
elle disait :

— Si vous êtes content de moi, mon
père, bénissez-moi; et que votre âme soit
en paix, car votre volonté va être ac-
complie.

Puis, elle déposait ses amertumes devant
celui qui a bu le calice jusqu'à la lie, devant
celui dont *l'âme a été triste jusqu'à la
mort*. Aurait-elle osé se plaindre devant ce
divin modèle? En ouvrant la Bible, elle
tomba sur le psaume 38; elle lut : « La
vie de l'homme est comme l'ombre, c'est
bien en vain qu'il s'inquiète. » Ce verset lui
devint une source de méditations consolantes.

Oh! si quelque chose était digne d'admiration, c'était cette jeune fille planant d'un
œil ferme sur toute sa vie, la prenant sans
espérances, remplie d'écueils et de devoirs

difficiles, et se sentant le courage de la parcourir noblement, sans se plaindre!

Elle se retira, non pas avec l'exaltation d'un moment d'enthousiasme, mais avec le calme d'une volonté forte. Elle revint dans sa famille, dévorant sa tristesse; elle parlait peu, mais elle tâchait de sourire à sa tante et à sa sœur; si elles s'étonnaient de la trouver si grave, elle répondait doucement qu'elle s'essayait à être comtesse de Lérin.

Corisande était tendrement aimée de ceux qui l'entouraient, et pourtant personne ne sut la deviner; nul ne cherchait une larme sous ses paupières baissées, nul ne reconnaissait un cœur brisé dans les accens de cette voix attendrie; on la croyait heureuse, parce qu'on avait intérêt à le croire. D'ailleurs, Blanche était trop absorbée en elle-même, pour être clairvoyante sur l'état de sa sœur; madame Isabelle était trop occu-

pée de l'arrivée du Connétable, trop joyeuse
de voir sa Corisande comtesse de Lérin,
pour craindre qu'elle n'eût pas choisi le
meilleur sort; dame Aloÿse seule soupçonna
le dévouement, mais elle ne comprit pas
tous les sacrifices, et crut, comme les autres, que la haute position de Corisande serait une compensation.

XXXI.

LE BILLET.

Au mois d'avril, le Connétable n'était point venu à Mauléon comme il l'avait annoncé; on n'avait pas eu de ses nouvelles, mais on savait que François Phébus était toujours en Navarre, que les états du royaume, assemblés à Tafalla, l'avaient reconnu roi, et, pour cette raison, on ne s'étonnait point du retard du comte de Lérin.

A présent, Blanche souhaitait son arrivée pour voir son bonheur irrévocablement fixé, et pouvoir appeler le baron d'Andoins près d'elle.

Le printemps arrivait secouant des fleurs, revêtant les arbres d'un vert tendre, envoyant des brises tièdes et parfumées, donnant de la gaieté ainsi que de la paresse, faisant légèrement rêver. Cette saison, enivrante comme un sourire d'amour, trouva Corisande indifférente à tout. C'est pitié que de voir la jeune fille sous le poids du chagrin; c'est un douloureux contraste que de la voir pâlir et s'incliner au printemps! L'an dernier, folle et bondissante, elle courait, encore enfant, après des papillons; pleine de poésie, elle se berçait de brillans mensonges... Aujourd'hui elle sort à pas lents; elle va à la tombe de l'ermitage seule, parce qu'il faut qu'elle se retrouve seule dans ce lieu.

Des branches de buis, les unes sèches, d'autres vertes encore, étaient éparses sur la fosse
d'Adémar ; Corisande se demandait quelle
main pieuse honorait la mémoire de l'ermite, lorsqu'elle entendit marcher derrière
elle ; elle se retourna, et vit Janina qui fit
une exclamation de joie en l'apercevant.

—Je vous vois enfin, noble dame ! je puis
m'acquitter de la mission qui m'a été con-
fiée, et qui m'a causé tant de douleur parce
que je n'ai pu la remplir.

Elle présenta alors à Corisande un billet,
mais s'arrêtant tout-à-coup, elle le déposa
sur la fosse avec des branches de buis et
d'aubépines qu'elle venait de cueillir.

—— La main du Cagot l'a peut-être souillé,
dit-elle timidement, la tombe d'Adémar le
purifiera.

—— De quelle part ? demanda Corisande
avec un pressentiment qui la troublait.

— Un jeune homme que je ne connais
point me le remit en me disant : Porte cet
écrit à la plus jeune fille du comte de Mauléon.

Corisande prit le billet. Pendant qu'elle
le lisait, on la voyait rougir, et aussitôt ses
couleurs s'effacer ; voici ce qu'il conte-
nait :

« Corisande ! ange adoré ! laissez-moi vous
nommer ainsi ; de loin je ne vois pas votre
front devenir sévère ; et j'ai tant besoin de
croire à votre appui ! Votre image est mon
guide et ma force. Mon absence se prolonge,
et avec elle mes épreuves comme ma douleur. Mais je travaille pour vous et pour la
gloire. Dans quelques mois je reviendrai
enfin vous dire : voilà mon nom ! Puissiez-
vous lui faire bon accueil !

» Austinde. »

—Lui faire accueil ! pensa Corisande ; oui,

je l'accueillerai la main dans la main du
Connétable : lorsqu'il viendra s'informer de
la foi que j'ai eue en lui, je lui dirai : voilà
mon époux ; je me suis hâtée de le choisir !
Elle serrait ses mains l'une contre l'autre
avec un sentiment de désespoir qu'elle n'a-
vait pas encore éprouvé... Il m'aime !... c'est
certain, il m'aime ! et j'ai trahi son amour ! si
jeune, il sera trompé dans sa confiance : il ap-
prendra de bonne heure à se méfier, et ce
sera le nom de Corisande qui l'avertira de ne
plus croire à rien !

Janina, qui jusqu'alors avait tenu ses
grands yeux noirs fixés sur Corisande, et
semblait ressentir les contre-coups de ses
impressions, tomba à genoux près du tertre
où l'on avait enterré Adémar, en s'écriant :

—O Ermite, que lui aurais-tu dit ? quelles
paroles de sagesse lui auraient donné du
courage ?

Corisande surprise leva la tête et la regarda. Alors Janina continua d'une voix
basse et douce.

— Ne sort-il pas des mots de la tombe?
écoutez-les.

— Tu as raison, dit la jeune dame.

Sans doute que l'esprit d'Adémar se ré-
véla à elle; car peu à peu ses larmes se sé-
chèrent, elle leva vers le ciel un long regard
empreint de résignation, puis elle se dit : un
jour si je le revois, je lui dirai ce que j'ai
fait; il me répondra : vous le deviez !

— Ce n'est pas ma faute, dit Janina, si
cet écrit vous a été remis si tard, il y a deux
mois qu'il est entre mes mains; le jour que
l'on me le donna, je fus saisie d'une maladie
violente, je le confiai à Arramon pour vous
le remettre; mais...

Janina hésita...

— Mais il est timide; il n'a pas osé se rapprocher du château; le matin il me l'a avoué.

—Plus tôt ou plus tard, tout irait de même, reprit Corisande ; pauvre Janina! eh bien! ta vie est moins misérable que la mienne.

Janina jeta un cri :

—Non! non! jeune dame, plaise à Dieu que nos existences ne puissent se comparer! vous êtes aimée, votre présence-est un bienfait : moi je suis un être qui repousse. Les premières gouttes de ce poison qu'on appelle chagrin irritent les jeunes lèvres qui n'en ont pas encore essayé; mais, dit-elle avec ardeur, le ciel adoucira vos maux; vous êtes fille du ciel par votre bonté!

Corisande détacha de son cou une croix d'or.

— Janina, personne ne t'aime, dis-tu, voici un don d'affection; je t'aime, moi; quand le fardeau de tes humiliations sera trop lourd, regarde ce Dieu crucifié, et pense aux peines que tu m'as vues.

Janina reçut la croix à genoux, de grosses larmes coulaient sur ses joues flétries :

— Larmes douces! larmes bénies! dit-elle d'un ton passionné, venez rafraîchir mon pauvre cœur.

Corisande quitta le cimetière; elle voulut revoir l'ermitage : Adémar n'avait pas eu de successeur, la cellule était inhabitée; Corisande poussa la porte : la natte où l'ermite mourut était à la même place; des cendres au foyer!... Voilà l'escabelle où le page était assis! toutes choses fragiles, sans intérêt, et qui n'avaient point éprouvé de changement: mais Adémar, qu'était-il devenu? dans quelles régions était la tempête? quelles chances le page courait-il? ce lieu peuplé de la fantasmagorie des souvenirs n'était pas bon pour Corisande.

XXXII.

LE CONNÉTABLE.

En rentrant au château, Corisande vit une troupe de cavaliers arrêtés près du pont-levis ; on se hâtait de tirer les chaînes, et d'ouvrir les portes. Madame Isabelle, descendue sur le perron, avait près d'elle Ena Blanche, le chapelain, ses principaux officiers, et derrière elle ses femmes et les gens de sa maison. En voyant cette solennité,

Corisande connut que son heure était ve—
nue, et que c'était là le Connétable. Elle
traversa la cour pour se rendre auprès de
sa tante, ayant comme un nuage devant ses
yeux et sur ses idées.

Isabelle lui dit d'un air un peu sévère :

—Où étiez-vous donc, ma nièce? un
courrier du Connétable l'a annoncé il y a
une heure, et cependant, peu s'en faut qu'il
ne vous ait pas trouvée à mes côtés.

—Bon Dieu! ma sœur, dit la vicomtesse
en saisissant le bras de Corisande, je trem-
ble; jusqu'à quand cet homme me fera-t-il
peur?

—Ah! voilà le Connétable de Navarre,
s'écrièrent les femmes et les serviteurs du
château.

Le comte de Lérin s'avançait à la tête
d'une suite nombreuse de pages et d'é-
cuyers. Il montait un cheval tout noir, dont

l'œil sauvage et les mouvemens pleins de feu annonçaient l'origine arabe; l'armure du comte était sombre, et trois grandes plumes noires mêlées de pourpre flottaient sur son casque. Dès qu'il aperçut les dames, il mit pied à terre et s'avança vers elles en hâtant le pas. Sa démarche, quoique raide, était noble et imposante; son teint paraissait blanc, mais sans couleur; son front large et élevé aurait été parfaitement beau, s'il n'avait paru empreint de sombres médita-tions qui avaient rapproché ses sourcils; ses cheveux noirs commençaient à blanchir, et l'on pouvait attribuer ce changement aux fatigues plutôt qu'à l'âge; ses yeux noirs, grands et perçans avaient un regard dur et hautain; sa bouche, ombragée d'épaisses moustaches, était rarement égayée par le rire; un pli de sa lèvre supérieure avait quelque chose de dédaigneux et d'amer.

— Le voilà bien ! dit madame Isabelle, c'est bien lui, comme quand mon frère marchait à ses côtés !

— Les travaux ne le changent point, dit le père Isidro.

— Quel air de seigneur ! ajouta dame Aloyse.

Et, pendant ce temps, une des jeunes filles destinées au service des demoiselles de Mauléon disait à ses compagnes :

— Il est beau, mais un peu sévère pour un fiancé.

— Taisez-vous, enfant, répondit Odon, c'est l'allure d'un roi !

Ena Blanche se pressait contre sa sœur à mesure que le comte s'approchait. Corisande, en apparence sans émotion, n'avait pas trace de vie sur son visage.

Le comte prit la main de madame Isabelle qu'il baisa, en disant :

—C'est pour moi un jour heureux que celui où je revois la sœur de mon noble ami.

— Je sens trop vivement ce bonheur pour pouvoir l'exprimer encore, répondit Isabelle, en essuyant ses yeux et en pressant affectueusement la main du Connétable.

Puis, lui montrant ses nièces :

—Comte, voilà les rejetons de ma maison, les filles de mon frère.

— Elles sont dignes de vous et de lui, dit le comte en s'inclinant, et il jeta un coup-d'œil sur Blanche.

— Ce sont les enfans de mon cœur, dit Isabelle en s'appuyant sur le comte pour monter l'escalier.

Elle se mit ensuite à le questionner sur sa santé, sur celle de sa mère, la comtesse Béatrix de Beaumont, et sur l'état de son parti en Navarre.

Les jeunes demoiselles les suivaient :

quand elles furent à la porte de la salle :

—Laissons-les parler de nous, dit Blanche.

Elles entrèrent dans la galerie qui conduisait à leur oratoire; mais Corisande laissa sa
sœur, et revenant sur ses pas, elle entra
dans la chambre de son père.

Madame Isabelle écoutait avec chagrin les
détails que le comte lui donnait sur la situation de la Navarre. Le peuple et les seigneurs étaient las de discordes; la plupart
des villes ouvraient leurs portes à François
Phébus; les états assemblés à Tafalla l'avaient
proclamé roi : c'était le dernier coup.

— Cependant vous avez toujours Pampelune, dit madame Isabelle, pourra-t-il être
roi sans la capitale?

— Pampelune est en mon pouvoir avec
quelques places fortes, mais pourrai-je les
conserver?

L'air du Connétable devint plus sombre.

— Ferez-vous donc la paix?

— Si les défections continuent, il faudra bien! mais il la paiera cher!... Il achètera son sacre!... il ne sera roi qu'autant que je le voudrai!

— Combien tout cela est loin de nos espérances! s'écria madame Isabelle.

— Oui, ajouta le Connétable avec une expression de colère; si on eût voulu m'aider, je ne descendrais pas les degrés du trône.

— Mon cousin, les grands hommes n'ont pas seulement la force de vaincre, ils ont aussi la patience d'attendre. Qui sait ce que sera ce jeune prince?

— Il ne sera que trop bien! dit le Connétable, en se penchant vers Isabelle, et en baissant la voix, comme s'il eût craint d'entendre de sa propre bouche l'éloge de François, ce sera un homme! Mais, si je lui cède

Pampelune, je compte sur la prospérité
pour nous le rendre pieds et poings liés,
et le cœur engourdi.

Un sourire perfide errait sur la physionomie du comte.

— Mais vous aussi, beau cousin, dit madame Isabelle d'un ton enjoué, n'allez-vous
pas vous endormir pendant les douceurs de
la paix?

Elle souriait en disant ce mot.

Le Connétable répondit :

— Où sont vos nièces, belle cousine? Ne
verrai-je pas les filles de mon vaillant ami?

— Comte, vous les verrez et serez content; elles sont belles, pures comme les
anges; elles ont vécu loin du monde, et
pourtant lorsque vous mènerez votre jeune
compagne à Pampelune, elle aura plus de
grâce et de savoir que pas une des femmes
qu'on admire, même les descendantes des

Normands du comté d'Évreux; Corisande les effacera toutes.

— Je croyais que l'aînée se nommait Blanche.

— Il est vrai; mais est-il écrit que vous épouserez l'aînée? N'est-ce pas celle des filles du comte de Mauléon qui est l'héritière de tous ses biens, qu'on vous a promise?

Le comte regardait madame Isabelle sans la comprendre.

— Vous n'auriez pas voulu, poursuivit-elle, d'une femme dont le cœur ne s'appartenait plus, et qui se croirait malheureuse en vous épousant?

Le comte fit un geste plein d'orgueil et de ressentiment.

— Parlez-vous d'Ena Blanche?

— Oui, mon cousin. Blanche ignorait, suivant vos désirs, les projets d'union des deux familles; elle a vu le jeune baron

d'Andoins dans un voyage qu'elle a fait aux
Eaux-Bonnes : il l'a convaincue de son amour.

Le comte s'écria avec un rire plein d'a-
mertume :

— Un petit gentilhomme de la seigneurie
de Béarn ! Mon rival me fait honneur.

— Il n'est point votre rival, puisque Blanche ne savait pas quel rang elle perdait.

— Ena Blanche était vicomtesse de Soule,
elle avait du sang des Beaumonts dans les
veines ; voilà des sauve-gardes, madame.

— Je ne veux pas justifier Blanche, j'ai
regretté son choix ; mais vous n'avez point
le droit de la blâmer...

— A Dieu ne plaise ! Celle qui a pu s'attacher à un vassal des *Grammonts* n'aurait
pu s'accommoder à mon rang.

— Sans doute, beau cousin ; et il faut
croire que Dieu a voulu que sa sœur, plus
fière, la remplaçât auprès de vous...

— Point, madame, point, dit le Connétable, en affectant le dédain. Je vous rends volontiers votre parole. J'avais fait violence à ma politique pour tenir à mes engagemens; votre exemple me relève.

— Comte, ne dites pas mon exemple. Les Mauléon ne savent pas manquer à leur parole; je vous le prouve en insistant. C'est une des filles du comte Bertrand, l'héritière de la Soule et de ses belles seigneuries de Navarre, que vous deviez épouser! Rien n'est changé de notre fait, puisque Corisande jouit des mêmes avantages que sa sœur et qu'elle consent à vous donner sa main.

— C'est un refus! dit le comte avec son rire orgueilleux. Je me retire; me voilà libre : d'autres alliances m'attendent.

— Mon cousin, soyons libres de part et d'autre; mais souvenez-vous que nous le sommes par vous.

A ce mot, madame Isabelle saisit son sifflet d'argent, un page entra : elle lui dit tout haut d'appeler les gens du comte ; tout bas, de faire venir Corisande.

— On n'a pas d'idée de semblable folie! disait le comte en fureur ; me jeter à la tête un enfant! faire des échanges!... se jouer de sa parole... et de mon temps! me faire courir sur la foi des traités, lorsque François de Béarn me presse, lorsque je refuse la sœur de Ferdinand!... Madame Isabelle, je ne reconnais point là votre prudence accoutumée.

Le comte marchait à grands pas.

On souleva la portière de drap écarlate garni de crépines d'or : c'était Corisande que le page avait rencontrée venant de la chambre de son père. Ses grands yeux d'un bleu foncé, avec l'innocence du ciel, exprimaient le sérieux d'une grande résolution ;

cette taille si gracieuse, ces traits si délicats
étaient en ce moment remplis de dignité;
quelque séduction que l'on trouvât ordinai-
rement dans ses regards animés, son sourire et l'éclat de son teint, elle n'eût point
produit sur le comte l'effet qui résulta de
la noblesse de son maintien. Il s'arrêta pour
la contempler; et lorsqu'en passant devant
lui, elle le salua, il s'inclina avec courtoisie;
puis, il regarda cette démarche légère, ces
formes charmantes, et il écouta cette voix
mélodieuse qui demandait à madame Isabelle pourquoi elle l'avait fait appeler.

— Comte de Lérin, dit madame Isabelle
en se levant, je vous laisse avec ma nièce
Corisande; elle vous persuadera mieux que
moi que sa raison a plus de seize ans.

Madame Isabelle avait l'air un peu triom-
phant, elle avait aperçu l'impression que le
comte venait de recevoir.

XXXIII.

LA FIANCÉE.

Il y eut un moment de silence, pendant lequel le comte considérait Corisande; puis il lui dit :

— Expliquez-moi, belle cousine, ce que vient de me dire votre tante; la vicomtesse de Soule me préfère un domminger (1) béarnais, et l'on vous destine sa place?

(1) Petit gentilhomme.

— C'est un moyen d'obéir au vœu de mon père, monseigneur.

— Et pensez-vous que les intentions de votre père soient ainsi suivies ?

— Non pas si vous pensez à ce que vaut ma sœur; elles le seront, quant à l'alliance et aux terres qui vous étaient promises.

— Je proteste que je ne regrette nullement Ena Blanche; son choix me prouve qu'elle n'était pas digne de moi.

Corisande reprit vivement :

— Ena Blanche est toute parfaite ! n'ayant point entendu parler des desseins de mon père sur elle, il n'est pas surprenant qu'elle ait fait un choix elle-même.

— Son choix n'est pas ambitieux !... et il a été fait parmi les ennemis de sa cause!... mais du moins, lorsqu'elle a connu sa destinée, elle eût pu se rétracter.

— Elle l'eût fait sans doute pour remplir

un devoir; mais n'y avait-il pas un autre devoir à tenir les engagemens pris de bonne foi avec le baron d'Andoins! et quels efforts il fallait pour vous donner un cœur qui aurait menti à vous ou à un autre!

Le comte ne répliqua point, il s'arrêta encore à regarder Corisande; ensuite :

— Est-ce vous, jeune Corisande, qui avez eu la pensée de ce dénouement?

— Je voulais éviter un parjure à ma sœur.

Le comte d'une voix grave :

— Si le sort de la femme de Louis de Beaumont n'est pas commun, son âme ne doit pas être non plus vulgaire; il faudra qu'elle s'associe au poids de ma renommée.

— Une fille du comte de Mauléon, répondit Corisande avec fierté, ne saurait s'étonner d'être la compagne du Connétable de Navarre.

— Ena Corisande, dit le comte en se rapprochant, il y a du charme en vous, puisqu'après l'insulte de votre sœur je veux
encore m'allier à votre maison. Vous l'em-
portez sur mon ressentiment.

— Monsieur le comte, dit Corisande très
émue, je n'ai accepté le rang destiné à ma
sœur par aucune idée d'ambition, ce n'est
point non plus par un penchant de mon
cœur, je ne vous connaissais point : loin de
m'offenser d'un refus... vous êtes libre! Voyez
de quel intérêt peut être pour vous l'héritage
de Mauléon; si une autre alliance favorisait
mieux votre politique, encore une fois vous
êtes libre!

Corisande étudiait la physionomie du
comte; elle eût voulu saisir un mouvement,
interpréter une hésitation; mais un chef de
parti n'a pas de nerfs qui s'ébranlent et le
trahissent, il se fait marbre. Cependant le

regard de la jeune fille avait quelque chose
de si interrogateur et de si pressant, il était
si plein de l'importance de la réponse, que
Louis de Beaumont répondit cette fois franchement :

— Je tiens à resserrer mes liens avec la
maison de Mauléon ; son alliance m'est
chère... et utile... Je vous demande votre
main, Ena Corisande.

Ce fut le dernier coup pour Corisande ;
jusque là elle avait espéré : elle fit effort
pour répondre :

— Et elle vous sera donnée au nom de
mon père.

Le comte lui présentait la main, elle lui
donna la sienne ; il la retint, et déposa sur
cette main un baiser plus ardent qu'on n'aurait pu le croire de lui.

Madame Isabelle rentrait.

— Voilà ma fiancée, dit le Connétable.

Madame Isabelle sourit au comte, et serra dans ses bras sa nièce chérie.

— N'est-il pas vrai, mon cousin, dit-elle avec attendrissement, en passant la main dans les cheveux noirs qui se partageaient sur le front de Corisande; n'est-il pas vrai qu'une couronne irait bien sur ce beau front?

— Il est digne de celle du paradis, dit le comte ému, en regardant le front virginal de la jeune fille, et ses longues paupières baissées.

Corisande, dont le courage était épuisé, demanda timidement la permission de se retirer. Elle s'enfuit sans savoir où, étourdie de ce qu'elle a entendu et de ce qu'elle a dit : par hasard elle arrive à la tourelle, elle tombe sur un siége et y reste accablée.

Puis elle regarde la main où le comte avait empreint le sceau de sa domination.

— La voilà consacrée cette main, le maître
l'a touchée! n'y a-t-il pas une marque, le
bracelet de servage?... l'air est pesant! rien
ne ressemble à un autre jour!... je suis mal
à l'aise avec moi; il va falloir trier mes pensées; arrêter presque chaque battement de
mon cœur... ce sera une langue nouvelle;
des mensonges!

Elle vint à la croisée :

— Rien ne m'appartient plus dans cette
douce vallée! je n'en jouirai plus avec mon
âme de jeune fille... ah! je ne serai plus
fière à présent! je ne sais pourquoi je ne
puis relever la tête... la chaîne l'appelle en
bas... le comte a voulu être gracieux pour
moi, il me donnait froid... sa colère sera terrible! Comme il parlait de ma sœur!... je serai douce... douce comme le lévrier de la
meute qui s'est laissé tuer l'autre jour sans
chercher à fuir; ce ne sera pas trop pénible...

est-ce que j'aurai un désir ? J'irai au gré de toute chose.

Le billet du page se froissa dans sa robe; elle sentit le vélin, et le retira de dessus sa poitrine où elle l'avait caché.

— A présent ceci est mal ; le comte a droit de s'en enquérir, il est mon haut justicier... Austinde ! je ne sais si tu te nommes ainsi; mais toi, qui que tu sois, il faut t'oublier, il faut que je t'efface si bien que je puisse dire au comte : Je ne le connais pas; non, je ne le connais plus !

Corisande frissonna de la tête aux pieds.

— Il faut pourtant que cela soit possible, puisque cela doit être.

Corisande allait près de la croisée, revenait à l'autel, agitée, étouffée; ce n'était pas de la tristesse, c'était une exaltation amère. Elle saisit la lampe, alluma le billet du page; elle le mit tout enflammé sur l'au-

tel, et elle le regarda brûler. Sur le fond
noir, les lettres étaient en feu, il semblait
qu'elles ne voulaient pas s'effacer ; les lignes
brillantes s'éteignirent une à une, il ne resta
que des cendres : Corisande regardait toujours. Une brise passa par la croisée, et vint
enlever cette poudre légère. Corisande dit :

— Rien plus !

Blanche arriva en courant :

— Puis-je saluer la vicomtesse de Soule
et la comtesse de Lérin ?

— Oui, heureuse amie de Joan.

Blanche voulut savoir tous les détails de
l'entrevue du comte et de Corisande, crai-
gnant que sa sœur n'en eût pas été satisfaite ; elle dit avec vivacité :

— Vous allez dompter ce caractère orgueilleux ; il va vous aimer à la folie ; vous
travaillerez pour votre François Phébus.

A cet espoir, les yeux de Corisande se

ranimèrent; la vie avait encore un intérêt.

— Nous voilà rendues à notre destinée, dit
Blanche; vous pour briller, moi pour aimer.

— C'est vrai, moi, je ne suis pas faite
pour aimer!

Le poignard venait d'être remué dans la
blessure.

XXXIV.

LE CHEF DE PARTI.

Le soir, les Navarrais venus avec le Connétable furent invités à passer dans la salle où se tenaient les dames. Lorsque les deux sœurs entrèrent, le comte présenta quelques jeunes seigneurs à Corisande; il jeta sur Blanche un tel regard de mépris, qu'il semblait vouloir l'écraser : il ne lui adressa pas la parole de toute la soirée.

Madame Isabelle s'approcha de Corisande :

— Soyez aimable pour le comte, je veux qu'il se félicite des circonstances qui vous ont donnée à lui.

— Ma tante, je vous obéirai, si je peux.

Madame Isabelle demanda à ses nièces une danse espagnole : elles saisirent les castagnettes noires, et suivirent le balancement de l'air paresseux qu'un page jouait sur le luth.

Puis, ce fut le tambour basque pirouettant sur un doigt, frappé à deux mains ; une mesure rapide, la danse folle du labour. Les Navarrais étaient charmés ; l'œil noir du comte suivait chaque mouvement de Corisande, et ses sourcils se détendaient, et des mots flatteurs lui échappaient.

Elle avait un éclat extraordinaire dans les yeux et le teint ; mais c'était de la fièvre.

Bermudez resta impassible; seulement ses yeux demi-fermés cherchaient les sentimens du comte.

Madame Isabelle dit à Corisande :

— Chantez-nous l'appel des Beaumonts : *Navarre! Navarre! arme-toi, Beaumont est à cheval!*

— Ma tante, répondit Corisande en posant son luth, c'est un chant hors de saison.

Bermudez regarda le Connétable.

Le Connétable se leva en disant :

— Oui, hors de saison.

Bermudez s'écria :

— Les souvenirs glorieux sont toujours à propos!

— Les souvenirs ne me sont de rien, répondit le Connétable; je pense toujours au moment présent.

Ce retour sur la situation du parti re-

belle jeta une teinte sombre sur le reste de
la soirée : on se sépara de bonne heure.

Bermudez suivit le còmte dans son appartement; il s'accouda d'un air familier
contre un des piliers de la cheminée, tandis que le Connétable se promenait dans la
chambre.

Bermudez n'était pas seulement un écuyer,
il était du sang des Beaumonts : fils du
père du Connétable, il dut le jour à d'obs-
cures amours. Elevé dans la maison, sans
être reconnu, il avait tout à la fois la mor-
gue de sa race, et l'humiliation de sa naissance; dévoué aux Beaumonts jusqu'au
crime, s'il l'eût fallu, il grinçait des dents
contre la sujétion où on le tenait; porter le
nom de Beaumont avec la barre de bâtar-
dise était pour lui un laurier, une auréole,
l'objet qu'il poursuivait avec rage; mais la
comtesse Béatrix était trop austère pour y

consentir, et le Connétable avait fait de
Bermudez un instrument trop vil pour lui
donner son nom et l'appeler son frère; il
le leurrait d'espérances et se servait de lui.

Bermudez était le complément d'un chef
ambitieux; il exécutait tête baissée les mis-
sions nombreuses que le Connétable eût
rougi de laisser connaître à d'autres. Le
comte prenait pour lui les actions d'éclat
qu'on peut avouer à l'histoire, ne fussent-
elles pas suivant la justice; Bermudez se
chargeait des machines, des ressorts igno-
bles, de tout ce qui désillusionne de la
scène quand on est dans les coulisses; re-
tors, infatigable, sans scrupule, il s'était
rendu indispensable au comte.

Par un singulier retour, si Bermudez
était comme les séides du vieux de la Montagne, à son tour, il imprimait au comte le
mouvement qu'il souhaitait; avec lui, sou-

ple, malicieux, de sang-froid, il le piquait,
l'échauffait, le calmait à son gré ; il lui in-
sinuait ses diaboliques pensées , et répandait
son venin sur les grands talens du comte.

Ces deux hommes qui associaient leurs
âmes, qui avaient une langue à eux, ne
se disaient pas tout. Le comte, par orgueil,
cachait la profondeur des plaies lorsqu'il
avait un échec ; Bermudez, par vergogne,
taisait la façon dont il conduisait ses in-
trigues. Cependant, ils n'étaient point dupes
l'un de l'autre : Bermudez devinait les
soucis du comte, et lui laissait penser qu'il
le croyait supérieur aux évènemens ; le
comte soupçonnait la bassesse de Bermudez, et fermait les yeux, parce que les
ambitieux les plus fiers sont obligés de
remuer la fange.

Pendant que le Connétable marchait en
long et en large, Bermudez l'interrogea :

— Qu'est-ce donc? vous épousez la cadette?

— Est-ce que je ne gagne pas au change?

—L'aînée est fort belle.

—Point d'âme, une statue!

—C'est la première fois que je vous vois en peine de l'âme d'une femme! prenez garde qu'Ena Corisande ne l'ait trop haute et trop fière; sous ces longs cils abaissés, il jaillit parfois comme des éclairs.

— Craignez-vous pour mon repos? dit le comte en se moquant.

— Et si vous alliez introduire parmi nous une amie des Grammonts?

— Ce serait l'aînée plutôt qui aurait du penchant pour eux.

—Ena Corisande n'a-t-elle pas joué l'héroïne à Bétarram?

— Répétez-moi ce que vous m'avez dit,

qu'une des filles du comte de Mauléon s'é-
tait mêlée à la bagarre de Bétarram?

— Précisément; Ena Corisande parla
comme un oracle pour le Phébus.

— Vous vous méprenez; c'était sa sœur!

— Je suis sûr de ne pas me tromper :
quand elle lève les yeux, je retrouve ce regard fait pour séduire et dominer.

— Par quel motif aurait-elle parlé pour
le prince de Béarn? elle me paraît pénétrée
du souvenir de son père; elle a grandi parmi
les Beaumonts; elle veut absolument m'é-
pouser! Si elle s'est fait un rôle dans cette
journée de Bétarram, c'est vanité de femme.
Je le répète, c'est elle qui a proposé de se
mettre à la place de sa sœur.

— Ena Corisande veut vous épouser de
son plein gré?

— En quoi cela vous surprend-il?

— Je ne puis croire qu'elle aime les Beaumonts; voyez si elle a voulu chanter leur chant de guerre.

— Elle a trop d'esprit pour faire un contre-sens, dit le comte en tournant le dos à Bermudez.

— On m'a même dit, continua Bermudez, qu'elle a eu des relations avec le prince de Béarn; relations de politique ou d'amour, tout cela peut se confondre quand il s'agit d'un beau jouvenceau.

— D'où avez-vous tiré cela? dit le comte plus agité qu'il ne voulait le paraître.

— Oh! dès qu'elle veut vous épouser!...

— Mais enfin, d'où le savez-vous?

— A vrai dire, la source n'en est pas respectable; c'est un Cagot...

— Un Cagot! il en faut sept en justice pour valoir le témoignage d'un homme! Par saint Jacques! Bermudez, vous regardez si bas, qu'on a honte de vous écouter!

— Excellence, j'interrogerais le lézard qui rampe pour savoir où mon ennemi a passé.

— Vous voilà bien ! soupçonneux jusqu'à en donner du dégoût !

— Monseigneur est donc bien amoureux ? je m'en réjouis ; si nous avons la paix, ce sera un passe-temps.

— Vous savez que je n'aime point les mauvais plaisans, dit le comte avec un regard sévère que Bermudez accueillit avec un grand calme. Pourquoi mon mariage vous déplaît-il ? continua le comte.

— Parce que c'est une faute, répondit hardiment Bermudez. Ferdinand vous offrait sa sœur : vous rompez les négociations, l'ennemi est aux portes de Pampelune, vous courez ici comme un chevalier errant ; vous deviez prendre l'aînée qui est belle et sage ;

vous choisissez la cadette, qui sera un lu-
tin, une sirène, tout ce qu'il y a de dan--
gereux !

— Ce n'est pas ma faute, mon pauvre Bermudez, si tu ne vois pas loin : Ferdinand
veut donner sa fille à François de Béarn,
comme il voulait me donner sa sœur; il
faut à tout prix qu'il ait un pied dans la Navarre, avec moi si j'avais eu le dessus, avec
François parce qu'il triomphe. L'héritière
de Mauléon me convient ; ces grandes seigneuries de Navarre jointes aux miennes
forment une puissance presqu'égale à celle
de François; les partisans des Beaumonts
seront réunis comme en un faisceau : la vicomté de Soule touche au Béarn, j'entou-
rerai mon ennemi, il me trouvera partout :
soit que je lui donne la paix, ou lui fasse la
guerre, il me sentira en sa présence.

— Cela, je le comprends : mais après?

— François me confirme le titre de Connétable; il m'accorde à peu près tout ce que
je demande. Si je le fais sacrer, je vais à
Pampelune établir autel contre autel; j'aurai ma cour; il me faut une femme, il me
faut la tête vive de Corisande; ce qui ne
conviendrait pas à mon caractère, elle le
dira par étourderie ou enthousiasme. Les
femmes, en se jouant, sapent des réputa-
tions; elles servent admirablement les partis; ce sont les trompettes menteuses de la
renommée.

— A merveille! si le prince n'était pas
jeune, et précisément comme les femmes
les aiment.

Le comte se troubla.

— Tu ne sais pas, Bermudez, combien
l'esprit de parti domine une femme. Corisande est ambitieuse, elle ne verra dans le
roi que le ravisseur de ma couronne.

—Sachez d'abord si elle ne le regarde pas comme le roi légitime.

— Si cela est!... Mais finissons... Pourquoi n'aimez-vous pas Ena Corisande?

— Parce que vous l'aimerez trop!

— Bermudez! dit le comte en frappant sur l'épaule de son écuyer, les femmes ne valent pas la peine qu'on leur donne une heure, à moins que ce ne soit une heure perdue.

Bermudez, retiré dans sa chambre, se disait :

— J'irai demain chez le Cagot; il faut absolument savoir si elle connaît le prince de Béarn... Cette belle jeune fille sera mon rival près du Connétable; elle verra les choses tout autrement que moi... elle me contrebalancera au moins... En attendant, j'ai donné de quoi penser au comte, les soupçons que j'ai jetés en l'air vont fermenter cette nuit.

XXXV.

LA CHASSE.

Afin d'occuper le Connétable, madame
Isabelle avait annoncé une partie de chasse
pour le lendemain ; elle devait y accompagner ses nièces. Abattue par la fièvre qui
l'avait brûlée toute la nuit, Corisande ne
descendit que lorsqu'Ena Blanche et madame Isabelle étaient déjà à cheval ; le comte

l'attendait, le maintien plus raide, l'air plus soucieux que de coutume.

Corisande, intimidée par sa froideur, s'élança sur sa selle pour éviter de s'appuyer sur lui, et frappa son cheval pour s'éloigner. Le noble animal bondit, s'emporta, et traversa les rues de Mauléon comme un trait : Corisande ne s'effraya point. Penchée avec grâce vers les rênes qu'elle dirigeait bien, elle suivait les mouvemens du cheval avec aplomb et légèreté; elle sentait même de la joie de se voir ainsi enlevée à ce qui l'importunait. Quand elle parvint à arrêter son cheval, elle passa la main sur son cou en lui disant :

—Je t'aime, Isarn; tu as deviné que je voulais être seule et libre.

Mais aussitôt le comte arriva au galop, devançant tous ceux qui couraient après Corisande.

—Qui vous a donc appris à monter à cheval, belle cousine?

—Odon, l'écuyer de mon père.

—Par saint Jacques! jamais chevalier ne se tint en selle comme vous! Etiez-vous ainsi à cheval, continua-t-il d'un air ironique, lorsque vous avez combattu pour les *Grammonts* à Bétarram?

Corisande le regarda.

—C'est Bermudez, s'écria-t-elle, qui vous a dit cela. Il est vrai, j'ai rappelé les vassaux de ma sœur à leur devoir; j'ai fait souvenir de la fête de Notre-Dame Marie, tandis que votre écuyer soufflait le désordre et profanait un jour saint.

—Corisande! connaissez-vous le prince de Béarn?

Le Connétable attacha sur elle un de ces regards rapides et pénétrans, qui saisissent la pensée au moment où on voudrait la cacher; mais il n'aperçut dans le calme de sa physionomie, et dans ses yeux tout grands ouverts sur lui, que la vérité de sa réponse.

— Jamais je ne l'ai vu.

— On m'a dit pourtant que vous l'aviez rencontré ?

— Oh! j'aurais beaucoup voulu le voir! ma tante ne l'a pas permis.

— Cet intérêt pour l'ennemi de votre famille a de quoi me surprendre.

— Quand mon père combattit avec vous contre le grand-père du jeune roi, il prenait la défense de l'infortuné don Carlos, l'héritier du trône; mais don Carlos n'est plus, le roi Juan est descendu dans la tombe; François Phébus est le souverain légitime. On a commencé la guerre avec une apparence de justice; la poursuivre aujourd'hui serait une félonie.

— Et c'est à moi que vous tenez ce langage ! s'écria violemment le Connétable.

— J'ai cru, monseigneur, que vous aviez l'âme assez grande pour entendre la vérité.

— Et j'aurais été grand de céder ma puissance à un adolescent, parce qu'il est le fils de rois que j'ai battus ! C'est entre nous un défi à outrance qui recevra son effet dans la paix comme dans la guerre !

— Vous ne voulez pas de ce jeune roi, mais les peuples le réclament, ils sont las de divisions et de misères; dans leur détresse, ils le voient tout radieux d'espérance.

— Qui vous l'a dit? s'écria le comte avec fureur, en saisissant la bride du cheval de Corisande, et fixant sur elle ses yeux espagnols tout pleins de foudres; qui vous l'a dit?

— Le cri du peuple et vos désastres, reprit froidement Corisande.

— Vous l'avez vu! s'écria le comte.

— J'ai déjà dit que non; d'ailleurs, de

quelle influence eût été sa personne sur mon opinion?

— De quelle influence! reprit le comte en souriant amèrement; il est beau! voilà ses titres auprès d'une femme.

Corisande repoussa ce qu'il venait de dire par un geste d'indignation.

Le comte reprit :

— Je me suis trompé; je vous croyais fière de mon nom, jalouse de tout ce qui pouvait en relever l'éclat!

— Comte, reprit tristement Corisande, nous ne nous entendons pas : j'aime la gloire, mais j'ai le cœur trop haut pour la vouloir souillée. Si j'étais Louis de Beaumont, je ne voudrais pas d'une puissance usurpée, l'héritage d'un autre, je le rendrais, satisfait de l'avoir conquis! Si j'étais un tel homme, je croirais avoir ma tête dans les cieux!

Une larme brillait dans les yeux de Corisande avec un divin enthousiasme.

— Il aurait la tête dans les nuages ! folle !
dit le comte.

Puis il continua avec dérision :

— L'héroïsme des femmes ressemble à
ces bulles d'eau que le soleil colore, et qui
crèvent en s'élevant. Qu'en reste-t-il ?

— Et de vos nuits sans sommeil, de votre
or prodigué, du sang qui a coulé, et de tant
de soins habiles, qu'en reste-t-il, comte ?

— Prenez garde, prenez garde ! Ena Corisande, vous me blessez jusqu'au fond de
l'âme ! Vous ne savez pas tout le mal que
vous me faites, ni celui que vous pouvez
vous faire ! dit le comte, dont la pâleur était
livide et la voix étouffée.

— Mes intentions étaient pures, dit Corisande avec beaucoup de douceur ; mais je
suis coupable d'avoir dit des choses qui vous

sont pénibles; oh! cela ne m'arrivera jamais plus!

— J'espère dans le nom de Lérin pour redresser votre cœur, répondit le Connétable avec plus de sang-froid... Il ne faut pas que Bermudez ait raison!

Madame Isabelle et Blanche survinrent; la chasse commença. Les châtelaines s'arrêtèrent dans une des belles prairies de la Soule; elles lancèrent leurs faucons près d'un ruisseau, tandis que le comte et sa suite chassaient le cerf : les forêts le long des Pyrénées avaient alors des cerfs qui ont disparu depuis. On entendait les cors et les chiens loin ou près, suivant les détours du cerf ou la direction des échos; on voyait les chasseurs traverser la vallée au galop, disparaître dans des fourrés, passer à gué *le Saison.*

Les dames voulurent jouir de plus près

de cette scène animée. Corisande arriva la première auprès des chasseurs qui poussaient le joyeux hallali ; le cerf était entouré, devant lui s'élevait un rocher à pic qu'il ne pouvait franchir.

— Où est le Connétable ? se demandait-on, pour qu'il porte les premiers coups ?

Corisande vit le bel animal frémir de ce que la fuite était impossible, il versait de grosses larmes comme un être humain ; saisie de pitié, elle voulut le sauver ; et, s'avançant vers ses gens, elle leur commanda de laisser aller le cerf.

— Le laisser aller ! s'écrièrent les chasseurs étonnés.

— Je ne veux pas qu'il meure ! dit Corisande avec une sensibilité d'enfant.

— Le comte de Lérin ne pardonnera pas à celui qui le laissera passer, cria Bermudez.

— Je vous ordonne de sauver le cerf, répéta Corisande.

Les piqueurs obéirent à leur jeune maî-
tresse ; ils laissèrent une issue par laquelle
le cerf s'enfuit dans un épais taillis ; puis ils
se regardèrent et se dirent :

— Nous avons fait une belle chasse !

— Voilà le Connétable ! dit Bermudez
d'un ton menaçant ; que celle qui donne de
tels ordres les lui fasse agréer !

Corisande commença à craindre d'avoir
mal agi en privant le Connétable du dénouement de la chasse ; jusque-là son bon plaisir avait été celui de tout le monde ; elle venait d'oublier qu'il n'en serait plus ainsi :
en se le rappelant, elle s'inquiéta.

Elle s'avança vers le Connétable.

— Monseigneur, dit-elle d'une voix timide, me pardonnez-vous ?

Pardonner ? ce sentiment, le comte ne

l'avait jamais compris ; il ne lui parut pas impossible en regardant Corisande : elle était si jolie avec son habit de chasse de drap vert qui dessinait sa taille, son berret de velours de même couleur orné de plumes blanches, que le vent balançait sur son visage, tandis qu'un autre souffle découvrait ses joues couvertes de rougeur, et ses yeux confus !

— On a laissé échapper le cerf! dit brusquement Bermudez.

— Quel est le maladroit? s'écria le comte avec colère.

— C'est moi qui n'ai pas voulu le voir mourir, dit Corisande ; je vous ai dérobé le droit de disposer de lui.

Elle s'interrompit : des larmes roulaient sur les joues de la jeune châtelaine.

Le comte était séduit par tant de grâces ; il la voyait tremblante, ne luttant plus contre lui, il pardonna : il pardonna malgré le

ferment qui était resté de leur entretien,
malgré l'humeur que lui causait la perte du
cerf.

— Jeune cousine, dit-il, vous avez lésé le
droit du chasseur; mais voici le gage de
merci.

Il voulait baiser sa main, elle se jeta vivement en arrière.

Le comte sourit.

— A la poursuite du cerf! s'écria-t-il.

Bermudez considérait cette scène avec
un regard sinistre.

— Elle va dominer le comte.

Cette pensée se tournait en poisons dans
son sein.

Il ne suivit pas la chasse pour courir à la
recherche du Cagot : il semblait difficile de
trouver un être qui n'avait pas de nom
parmi les hommes, et se tenait caché aux
bois; mais l'aventure de la fille du comte

entrée dans sa cabane et se dépouillant pour
son fils, lui avait donné de la célébrité. On
se racontait cet évènement chez tous les pâtres de la Soule, et chez les habitans de
Mauléon en *se signant*, comme si la magie
eût fasciné la bonne châtelaine. On dit à
Bermudez qu'Arramon était pour plusieurs
jours à la forêt de Sainte-Engrace.

FIN DU TOME PREMIER.

TABLE

DU PREMIER VOLUME.

FIN DE LA TABLE.

Ouvrage du même Auteur.

NATALIE,

PAR MADAME D***.

PUBLIÉ PAR M. N.-A. DE SALVANDY.

DEUXIÈME ÉDITION.

Deux volumes in-12. Prix : 6 francs.

Pour paraître au premier octobre prochain.

NI JAMAIS, NI TOUJOURS,

PAR

CH. PAUL DE KOCK.

C'est la devise des amours.

Deux vol. in-8°. Prix : 15 fr.